FÜNFZIG DINGE,
DIE ERST
AB FÜNFZIG
RICHTIG SPASS
MACHEN

著 —— [德] 安德烈娅·格尔克

变老又怎样

译 —— 燕 环

中信出版集团 | 北京

图书在版编目（CIP）数据

变老又怎样 /（德）安德烈娅·格尔克著；燕环译 . --北京：中信出版社 , 2025. 1. -- ISBN 978-7-5217-7070-4

Ⅰ . I516.65

中国国家版本馆 CIP 数据核字第 2024DB7054 号

FÜNFZIG DINGE, DIE ERST AB FÜNFZIG RICHTIG SPASS MACHEN
By Andrea Gerk · & Moni Port
Copyright © 2019 by Kein & Aber AG Zurich – Berlin. All rights reserved.
Simplified Chinese translation copyright © 2024 by CITIC Press Corporation
ALL RIGHTS RESERVED
本书仅限中国大陆地区发行销售

变老又怎样
著　　者：［德］安德烈娅·格尔克
译　　者：燕环
出版发行：中信出版集团股份有限公司
（北京市朝阳区东三环北路 27 号嘉铭中心　邮编　100020）
承 印 者：北京盛通印刷股份有限公司

开　　本：787mm×1092mm 1/32　　印　　张：5.75　　字　　数：101 千字
版　　次：2025 年 1 月第 1 版　　　　印　　次：2025 年 1 月第 1 次印刷
京权图字：01-2024-5335　　　　　　　书　　号：ISBN 978-7-5217-7070-4
定　　价：59.00 元

版权所有·侵权必究
如有印刷、装订问题，本公司负责调换。
服务热线：400-600-8099
投稿邮箱：author@citicpub.com

前 言

人到中年，当那个神秘的数字 5 不可避免地临近时，许多人越来越认不出镜子中的自己，一种轻微的沉闷感时常会笼罩在心头。长久外出、大量饮酒、大肆调情——这些多年来被证明能让人心情愉悦的方法，突然之间带来的不再是快乐，而是让人头痛。而你又不是个有真正爱好的人。那么应该怎么度过剩下的人生呢？放弃一切，改名换姓重新开始吗？转行做刑事警察或者是心理分析师？搬到夏威夷去？

不，没有必要这么做。你迟早会意识到，自己的青春已经一去不复返了。现在要做的就是抓住机遇，把握人生。

比利·怀尔德 1950 年执导的电影《日落大道》里有一句台词："50 岁并没有什么可悲之处，除非你想装成 25 岁。"昔日的默片电影明星葛洛丽亚·斯旺森在这部电影中扮演了一位"天后"[1]，她与自己的年龄和停滞的事业作斗争，是一个悲惨又尴尬的角色，因为在她身上鲜明地展现出，没有什么比强迫自己永远年轻更让人显老的了。尽管永葆青春这一古老的人类梦想支撑起了价值数百万元的产业，但同时也掩盖了我们对中年阶段的种种看法——无论是好的还是坏的。永远保持年轻的幻想阻碍了一个人真正的内在成长，而这种成长需要时间来实现。英文中"变老"的表述"to grow old"，便完美地表达了这一点，即变老也与成长有关。

中年以后，你会发现一些事情变得容易了，也有一些事情变得更难了。例如，忍受内在和外在自

---

[1] 原文 Diva 在意大利语中意为"女神"，原指歌剧界的女歌唱家，后来广泛使用在戏剧、电影和流行音乐领域，指有成就的著名女性。——译者注，下同

我形象之间的差异，这取决于当天的状态，可能会出现令人惊讶的恐怖时刻。"她终于在某天早上看到了家里的幽灵[1]——浴室镜子里的自己。"德国女作家乌尔丽克·德雷斯纳的一位朋友这样写道，德雷斯纳在她的《一个女人变老了》一书中讲述了这个故事。

事实上，很多时候你觉得自己像 28 岁，而你确实仍然是 28 岁，就像你也仍然是 16 岁、35 岁和 42 岁一样。过去的岁月并没有随着时间的流逝被抹去，而是像树木的年轮一样层层环绕。顺便说一下，每棵树的年轮看起来都不一样，就好像每个人变老的方式都不同：有些人甚至 17 岁便不再享受同龄人的快乐，而有些人即使年过七旬仍然每周去跳泰克诺舞[2]，看起来依然显得年轻且充满好奇心。外表可以衰老，但这并不意味着你的内心也必须随之老去。

---

[1] 原文 Hausgespenst 在德语中的字面意思是"家里的鬼魂"，常常用来形象地描述一个人在镜子中看到自己变老的模样后，产生的那种陌生和惊讶的感觉。
[2] 泰克诺舞（Techno）是 20 世纪 80 年代中期诞生于美国密歇根州底特律的一种电子舞曲，又译为"高科技舞曲""铁克诺舞曲"等。

因此,"唯一正确的衰老方式就是不变老"的想法是毫无道理的。英国谁人乐队的主唱彼得·汤森也意识到了这一点,他曾在 1965 年宣称:"希望我在变老之前就死去。"许多年以后,在他 60 岁的时候,他认为此时的自己要比写下这句话时快乐得多。

这一现象也得到了大量科学研究的证实:从 50 岁开始,一个人的生活满意度会像 U 形曲线一样从低谷陡然攀升,迎来人生中"更好的一半",正如医学专家托比亚斯·埃施和埃克哈特·冯·赫希豪森在他们的书中对这一阶段的称呼那样。"为什么我们总要假装自己比实际年龄年轻呢?"赫希豪森问道,"老年并不是一种衰退,而是一种生活的进步。你可以也应该期待它的到来。"

到了 50 岁左右,大多数人似乎开始接受自己已经取得的成就和还未达成的目标。如果这时的你能以宽容和智慧来看待这些事情,你的头脑就会重新变得清醒,从而以自己的方式立即开始新的生活。奥地利讽刺喜剧演员约瑟夫·哈德建议说:"不要总觉得自己还拥有很多时间。"不一定非要设定刷新铁人三项成绩纪录的目标,但你或许可以试着进入合唱团学学唱歌，倒退着上楼梯，或者像自己的子女或孙辈一样穿衣服。如果打扮得像大人一样能带给小孩子这么多乐趣，为什么不换一下位置，穿上和他们一样的衣服，戴上面具，从一个全新的角度看待世界呢？"如果你从一个非常奇特的角度来看这个世界，它就一直是最有趣的。"奥地利作家沃尔夫·哈斯在他的小说《年轻人》中这样写道。

我们的大脑无疑会感激任何打破常规的行为，并且即使过了年轻时风风火火的阶段也能够完成惊人的壮举：国际知名的德国犯罪小说作家英格丽特·诺尔在56岁时出版了她的第一本小说；美国建筑师弗兰克·劳埃德·赖特在80岁时设计出了他的杰作——纽约的所罗门·R.古根海姆博物馆；同样在纽约的古巴艺术家卡门·埃雷拉在90岁时卖出了自己的第一幅画，幸运的是，现在她终于看到世界各大博物馆展出了自己的作品，尽管几十年来都没有人注意到她；而时尚偶像艾瑞斯·阿普菲尔在97岁时与国际管理集团（IMG）经纪公司签订了模特合同。

与上述这些成功的例子相比，当你接近50岁时，无论如何还足够年轻，可以用自己的生命去做一些更令人兴奋的事情，而不是因为过于安逸而躺在沙发上，慵懒地睡着。

不过，偶尔这样做做也是非常美好的。

目 录

第 1 件事
　采蘑菇 —————————————— 1

第 2 件事
　邀请所有前男友吃饭 ——————— 5

第 3 件事
　详细交流病情 ————————— 8

第 4 件事
　玩杂耍 —————————————— 11

第 5 件事
　探望父母，畅谈往事 —————— 14

第 6 件事
　不把书读完 ——————————— 17

第 7 件事

　　在傍晚 6 点左右小酌一杯 ———— 20

第 8 件事

　　非参与式观察 ———— 23

第 9 件事

　　足部护理 ———— 25

第 10 件事

　　烤酸面包 ———— 29

第 11 件事

　　收集奇怪的东西 ———— 33

第 12 件事

　　运动 ———— 37

第 13 件事

　　为自己的葬礼制作音乐播放清单 ———— 40

第 14 件事

　　每天背诵一首诗 ———— 43

第 15 件事

　　第一次做一件事 ———— 46

第 16 件事

　　宅在家 ———— 49

第 17 件事

　　穿上比基尼 ——————————— 51

第 18 件事

　　保持怪癖和小毛病 ——————— 55

第 19 件事

　　去疗养，再找一个疗养伴侣 ———— 58

第 20 件事

　　把头发留长 ———————————— 61

第 21 件事

　　跳民族舞蹈 ———————————— 65

第 22 件事

　　步行 ———————————————— 68

第 23 件事

　　观看《洛基恐怖秀》 ——————— 72

第 24 件事

　　跳蹦床 ——————————————— 75

第 25 件事

　　在朋友家暂住 ——————————— 78

第 26 件事

　　偶尔抽一根烟 ——————————— 81

第 27 件事

　学一门乐器 ———————— 84

第 28 件事

　让年轻人给你讲讲这个世界 ———— 88

第 29 件事

　参加自己所在城市的导览活动 ——— 91

第 30 件事

　观察鸟类 ————————— 94

第 31 件事

　无聊一下 ————————— 99

第 32 件事

　去爵士乐酒吧，喝杯威士忌 ——— 102

第 33 件事

　加入合唱团 ———————— 105

第 34 件事

　研究天气 ————————— 109

第 35 件事

　拟订遗嘱 ————————— 113

第 36 件事

　放弃剃毛，不再蜡脱 ————— 116

第 37 件事

成为（足球）俱乐部成员 —————— 119

第 38 件事

讲真话 —————— 122

第 39 件事

做一些你做不到的事 —————— 125

第 40 件事

结交新朋友 —————— 128

第 41 件事

幻想一次艳遇 —————— 132

第 42 件事

把不需要的东西都送人 —————— 135

第 43 件事

做一道复杂的菜 —————— 139

第 44 件事

读一读旧情书 —————— 143

第 45 件事

观察植物生长 —————— 146

第 46 件事

移走所有镜子 —————— 149

第 47 件事

做手工 ——————————— 152

第 48 件事

坐"Bulli"车旅行 ——————— 156

第 49 件事

仰望天空 —————————— 160

第 50 件事

为自己的毕生事业颁个奖 ———— 164

还有一些非常有趣的事情…… ——— 168

第 1 件事

PILZE SUCHEN

采
蘑
菇

1/50

低着头在森林里漫步，一看到蘑菇就发出喜悦的惊叹声，这对任何年龄的人来说都是一种很美好的经历。采蘑菇给小孩子带来了欢乐；而长大以后，用自己亲手采集的美味牛肝菌炖一锅汤也会让人感到满足。

顺便提一下，如果你也对这些既不是植物也不是动物的海绵状生物感兴趣，你就会发现自己和一群优秀的人在一起：法国昆虫学家让 - 亨利·法布尔的回忆录《昆虫记》获得了诺贝尔文学奖提名，他和美国先锋派古典音乐作曲家约翰·凯奇一样痴迷蘑菇。

1958 年在欧洲巡演期间，凯奇在米兰参加了一档意大利智力竞赛。作为真菌学家，他凭借出色的表现赢得了 60 万里拉的奖金，并帮助他的搭档梅尔塞·坎宁安的舞蹈团获得了一辆新的巡演巴士。

第二年，凯奇在社会研究新学院教授实验性作曲和蘑菇鉴定课程。1962 年，凯奇在纽约成立了真菌学会。后来，真菌学界以他的名字命名了一种不可食用的蘑菇——凯奇丝膜菌（Cortinarius cagei），以此来感谢他长期以来的贡献。

获得这项荣誉时，凯奇已经 78 岁了。即使不再亲自去采蘑菇，他也能从寻找蘑菇的过程中获得乐趣。他在长满青苔的地面上漫步、冥想，让自己沉浸在茂密的绿色植物之中，并带着探索的好奇目光，充满期待地紧盯着想象中的猎物，这比任何一次去疗养中心的体验都要好。

对于凯奇这样的采菇高手来说，已经不需要再采蘑菇了，而是可以驻足在蘑菇前，静静地做一个观察者和欣赏者。

第 2 件事

ALLE VERFLOSSENEN ZUM ESSEN EINLADEN

邀请所有前男友吃饭

对有些人来说，请前男友吃饭可能就是一顿两个人的晚餐；而对另外一些人而言，如果想邀请所有前任男友吃饭，就必须得动用一个更大的场地了。谈到这时，我那 70 岁还依旧迷人的女邻居风趣地说道："我甚至不知道他们中的某些人去了哪里。"不过，她立即就开始与我讨论起如何安排他们的座位，可以把谁放在谁旁边，自己坐在哪个位置，餐桌上要聊的话题是什么，谁会第一个喝醉，或者换成站立式聚会和船上聚会是不是更合适一些，这样就可以防止在人群中出现过于尴尬的碰面，而且还能够悄悄地打趣他们中某些人后移的发际线、女性的小胡须[1]和隆起的小肚腩。

单是为这样的聚会列一份宾客名单就会非常有意思。不仅如此，聚会还显示出，自己的过去比心情阴郁时所认为的要丰富多彩得多。女作家希莉·哈斯特维特的小说《没有男人的夏天》中纽约女诗人米娅的遭遇便是如此。50 多岁的米娅和她的丈夫——神经科学家鲍里斯经历了一场婚姻危机，鲍里斯与一名年轻女子有了婚

---

[1] 原文 Damenbärte 通常指的是女性面部的小胡须或多余的毛发，在某些情况下可被用作幽默或讽刺的表达方式，指人的面部因各种原因（如激素失调）而汗毛过重。

外情，于是米娅离开了他们共同居住的公寓，搬到乡下度过这个夏天。在那里，她时常去看望住在养老院的年迈母亲，还与一个陌生人通过电子邮件进行令人兴奋的交流，并写了一本"色情日记"。在日记中，她回顾了自己迄今为止所有的性爱经历。

在这个过程中，米娅打开了新的视野，开始反思自己的人生、婚姻和自我价值。当米娅的丈夫最终想回到她身边时，米娅没有轻易接受，而是要求他重新追求她一次。

类似地，请前男友聚会的形式也可以包括：邀请所有未曾得到满足的爱人吃饭，再次评估他们的潜力，就像重新给他们一次机会一样。

第 3 件事

AUSFÜHRLICHE GESPRÄCHE ÜBER KRANKHEITEN FÜHREN

详细交流病情

彻夜难眠、潮热、情绪波动、膝关节痛、腰背酸痛或脱发——随着时间的无情流逝，许多话题开始变得与你息息相关，而年轻时一聊到这些话题，你顶多只会翻个白眼而已，比如，当艾尔娜姨妈在家庭聚会上滔滔不绝地谈论她小腿上难以愈合的伤口时，或者海因茨爷爷说他可以根据自己左肩上的旧枪伤准确预测天气变化时。

只要自己没有患病，或者没有出现身体上的不适，疾病往往是最无法引起人兴趣的事情。毕竟，人们通常会认为自己不会生病，总觉得自己与这些疾病绝缘，而且还要忙于不停地谈论自己的感情问题，比如感情的缺失，以及一段亲密关系的开始或结束。

最终，在忙碌的家庭日常生活中，或者在一段长期亲密关系的平静流逝中，或者在单身生活的优越条件中，复杂的情感话题会消失殆尽。因为即使是我的单身朋友，显然也不愿意过多地谈论自己与异性的那些相遇，尽管这些相遇或多或少听起来是令人愉快的。毫无疑问，有些话题总有说尽的时候，你会惊讶地发现，桑德拉在相亲网站 Parship 上的新约会远不如托尔斯滕的双侧椎间盘突出那样令人感兴趣。

这可能是因为,经历了痛苦与不适以后,人们会以完全不同的方式体验和感知自己。正如法国哲学家布莱士·帕斯卡所说的那样:"疾病使人不断学习和自我反省。"

第 4 件事

JONGLIEREN

玩
杂
耍

4/50

尽管年轻人学习任何东西（尤其是技巧练习）的速度都比老年人快，但只有在 50 岁以后，你才有足够的耐心去玩杂耍。连续弯腰数百次，经过持续数周的每日练习，终于能够匀速地抛接两个甚至更多个球，才可以说是掌握了基础的杂耍技巧。

尽管频繁弯腰对你的背部产生了一定的压力，但这种辛苦是值得的。仅仅是练习杂耍就让人上瘾，而当球最终可以持续停留在空中时，你的幸福激素便会涌现。此外，神经科学家已经证明，玩杂耍可以改变人的大脑结构，因此它也被认为是预防阿尔茨海默病的完美方法。

任何在年轻时玩杂耍的人都可以随时接受更大的挑战，例如尝试用球杆玩杂耍。就像我的朋友特里特那样，她在一个城市公园坚持不懈地练习了几个月以后，终于能够用三根球杆抛接球了。在这个时候，一位看着她努力练习的老太太在旁边鼓起掌来，接着以一种居高临下的语气告诉她，她扔得太高了，而且动作做得都不标准。然后，这位老太太从特里特手中拿过一根球杆，球在杆头上弹了五次，她看也不看，每次都接住了。"我在俄罗斯国家大马戏团练了 60 年。"这位老太太向我那惊讶的朋友解释道。我的朋友后来在这位严格的艺术家的指导下练习了瀑布、喷泉和阵雨[1],同时还能保持单腿站立平衡。

因此,你可以终身练习玩杂耍,永不停歇地学习新的杂耍技巧。如今,在这个一味追求效率和经济效益的时代,最好的事情莫过于:这是一种完全没有意义的活动,只是能给人带来快乐罢了。

---

[1] 球杂耍主要有三种基本模式:瀑布,即奇数个球从一只手抛向另一只手,这是最常见的一种模式;喷泉,用同一只手投掷和接住偶数个球;阵雨,所有的球被抛成一个圆圈。

第 5 件事

DIE ELTERN BESUCHEN UND ÜBER FRÜHER SPRECHEN

探望父母，
畅谈往事

小时候，你深爱自己的父母，亲近到无法与他们更亲近了。随着青春期的到来，这种想法突然变得相反了，一下子就没有什么比与自己的父母亲近更让人尴尬的了，尤其是当他们与你谈起过去，提醒你他们也曾经年轻过的时候。

然而，你的身体（和心灵）会不断提醒你，你不会永远保持年轻，那么再次拜访你的长辈，与他们谈论旧时光，共同感叹过去的生活与现在相比是如此不同，就会变得非常美好。

如果你与他们的关系有些生疏，有很多方式可以让你们的关系重新开始，比如一起翻看相册、共同做一道你儿时最喜欢吃的菜并一起吃掉，或者观看自己洗礼和上学第一天时拍摄的晃动的超 8 毫米胶片影片，都会非常有趣。当你们再次由衷大笑，仔细观察和认识对方就变得容易多了，此时，他们脸上深深的皱纹中有不少令人惊讶的相似之处。"这也是随着年龄的增长而绽放的一部分，"德国女作家乌尔丽克·德雷斯纳这样写道，"时间以同样的方式穿过一个人，这就像人与时间的关系重组一样。"

第 6 件事

BÜCHER NICHT ZU ENDE LESEN

不把书读完

很少有什么东西能像阅读一本真正的好书那样令人沉醉。时间仿佛蜂蜜一样，浓稠而无尽地流淌，这就好比在长长的假期里，你一口气读了几百页书，忘记了吃饭、喝水，从清晨一直读到深夜，你是如此痛苦地与简·爱[1]一起被她的继兄弟姐妹羞辱，或者热切地等待着拯救可怜的、被冤枉的奥利弗·崔斯特[2]。

假期结束以后，你通常就只有在晚上才有时间阅读，那时你已经被一天的工作弄得筋疲力尽，翻开书读上两页就睡着了，那种阅读为你打开全新世界的畅快感几乎就没有再出现过了。

更令人遗憾的是，耶鲁大学的一项研究结果显示，经常阅读（纸质）书籍平均可以延长人 2~3 年的寿命。值得注意的是，阅读网页或报纸可无法带来这种效果。

试想一下，整个星期天你都穿着睡衣，从床上走到沙发边，再从沙发上回到床上，喝着咖啡、茶或其他饮料，沉浸在书中的世界里，这不仅是一种极大的享受，而且有益于身体健康。

---
[1] 英国女作家夏洛蒂·勃朗特小说《简·爱》中的主人公。
[2] 英国作家查尔斯·狄更斯小说《雾都孤儿》中的主人公。

然而，即使是通过阅读来延长寿命，你的生命也是有限的。总有一天你会意识到，你的生命将永远无法满足于你一直想读却还没来得及读的书，或者你已经开始读了好几次，却永远无法在那个神秘而恰当的时间读完，而每本书都需要在一定的时间才可以展现它的魔力，真正地与你产生对话。因此，从现在起，你必须有所选择。

如果在第三次尝试阅读《罪与罚》时，你仍然发现自己总是神游万里，无法点燃阅读的兴致，产生不了共鸣；即使读到人人都在谈论的某本畅销书的第83页，但你仍然不明白这个乏善可陈的故事有什么好笑的地方，它的点睛之笔究竟是什么，那么，你就可以丢掉这本书，自信地重温你的旧爱，要么与奥勃利和阿斯特克斯一起穿越高卢[1]，要么与霍尔顿·考尔菲德[2]或霍莉·戈莱特利[3]一起漫游纽约曼哈顿，追寻阅读乐趣带给你的狂野探险。

---

[1] 漫画《高卢英雄历险记》的主人公，这部作品以古罗马时代为背景，讲述了高卢人与罗马共和国时代的恺撒大帝之间激烈而搞笑的斗争史。
[2] 美国作家J.D.塞林格小说《麦田里的守望者》中的主人公。
[3] 美国作家杜鲁门·卡波特小说《蒂凡尼的早餐》中的主人公。

第 7 件事

SICH GEGEN 18 UHR EINEN DRINK GENEHMIGEN

在傍晚 6 点左右小酌一杯

7/50

"科林，我们现在到'神奇时刻'了吗？"据说，已故英国女王伊丽莎白二世的母亲伊丽莎白·鲍斯-莱昂每天傍晚6点左右都会这样问她的贴身男仆科林·伯吉斯少校。紧接着，科林就会为她端来一杯冰镇的干马提尼酒。

正如克斯廷·埃默尔和贝亚特·欣德曼在他们合著的《美妙饮法》一书中对干马提尼鸡尾酒描述的那样，这位伊丽莎白王太后选择了一种最尊贵高雅的方式让自己微醺，因为它代表着"一种姿态和决心，不被日常的荒诞夺去你的乐趣，不屈服，不甘于平凡、乏味或歇斯底里。历史上伟大的马提尼饮酒者的特点是有格调、沉着冷静，并能始终保持高人一等的气质"。

傍晚的一杯马提尼并不是这位传奇女王妈妈喜欢的唯一一种饮品，用午餐时她会喝杜松子酒和奎宁水，据我的英国朋友迪尔德丽说，英国王室手提包里总装有少量杜松子酒。

伊丽莎白王太后当然需要时不时地小酌几杯，因为当她在1923年成为亚伯特王子（后来的英国国王乔治六世）的妻子时，她是第一个嫁入王室的"平民"。尽管她当时坐拥三座城堡，还有伯爵夫人的头衔，可她还是英国王室的"边缘人"，但她凭借自己的幽默和机智为沉闷已久的温莎公爵府带来了一股清新的空气。据说，在讨论自己的葬礼时，她曾说道："我不太喜欢他们的蜡烛，我能自己带蜡烛吗？"有一次，她的喉咙被鱼骨卡住了，躺在救护车里时她说："钓了这么多年鱼，现在鱼儿要报复了。"

对伊丽莎白王太后来说，傍晚6点的小酌也是一种从白天到夜晚的仪式——神奇时刻。"最晚从中年开始，你就应该比现在更加享受每一天。"除了"神奇时刻"这一仪式，这位伊丽莎白王太后还通过热衷钓鱼、在赛马场上赌博，展示了如何做到享受每一天。多年以来，她一直是英国王室中最受欢迎的成员，备受尊敬和爱戴，并破纪录地活到了101岁。

第 8 件事

UNBETEILIGTES BEOBACHTEN

非参与式观察

每个孩子都会经历这样一个阶段：把所有能抓到的东西都放进嘴里，以此对这个世界进行深入探索。而我们成年人之所以知道墙纸或者沙子是什么味道，就是得益于这个阶段无止境的探索欲望。严格来说，这种欲望一直存在，只是表现形式不同罢了。因为在人到中年之前，实际上你是把自己喜欢的一切都看在眼里的：当你看到一件漂亮的衣服、一个迷人的男人/女人、一道诱人的菜肴时，你就想拥有。当然，你并不是总能成功，所以你会感到沮丧。

根据我52岁的朋友托尔斯滕的说法，直到有一天，你会发现，当一个女人从咖啡馆前走过的时候，你绝对还会注意到她的美貌，但除此之外，你就不会再多想什么了。

这正如德国哲学家康德所说的那样，参与式观察变成了一种不感兴趣的快乐。你无怨无悔地任由昂贵的连衣裙挂在衣架上，任由漂亮女人从自己身边走过，就像一个美丽的夏夜那样。

这是一种轻松愉快的处世态度，同时不乏希望与洞察力。

第 9 件事

PEDIKÜRE

足
部
护
理

9/50

一个陌生人跪在你面前，帮你去除脚上的老茧和鸡眼。作为年轻人，很难想象还有什么比这么做更糟糕的了。在20岁的时候你会想，反正足病只存在于老年人身上。然而，在古代的美索不达米亚，每一个人都会把自己的双脚交到专家的手中。修剪整齐的手指甲和脚指甲是一种身份的象征，就像今天人们拥有汽车或手机一样。

早在公元前3000年左右，中国就已经出现了染指甲的做法，指甲油的颜色就标志着阶级，只有皇室成员（不论男女）的指甲可以涂成红色和黑色。男子也尽可能地留长自己的指甲，以显示他们不必从事艰苦的体力劳动。

同样，在"埃及艳后"克娄巴特拉七世的统治时期，她的战士们在出发上战场之前，也会认真地涂抹指甲。考古学家不仅在埃及的墓葬中发现了指甲修剪整齐的木乃伊，还发现了指甲锉、茧锉和指甲油等用于足部护理的工具。

当你亲自去除脚上的老茧和鸡眼以后，就不会再对人们给予足病治疗的非凡赞赏表示惊讶了。事实上，你会想，为什么没有早点去拜访这些人类的"恩人"呢？除了足部按摩给你带来提神效果，脚上的老茧和鸡眼看起来也并不好看，去除它们会好很多。

遗憾的是，比起年轻时不用梳妆就可以穿着几十块钱的T恤出门，现在显然需要我们付出更多努力的领域不止这一个，还比如发型、妆容和衣服。

演员罗伯特·德尼罗、凯特·布兰切特和格温妮斯·帕特洛等名人的足部护理均由国际足疗界大师、法国人巴斯蒂安·冈萨雷斯负责。冈萨雷斯的使命就是协调人与足的关系，说服人们给予双足更多的爱与关注。睡前做一次简单的足部按摩，就像冈萨雷斯所说的那样，"做完以后，你会发现自己变得快乐了许多"。

冈萨雷斯的同事、德国女作家卡佳·奥斯坎普在经历写作危机的时候，曾经在柏林的马尔扎恩区做足疗师，当她蹲在顾客面前为他们洗脚和按摩时，时常会听到一些忧伤的故事。

后来，奥斯坎普在她的小说《马尔灿，我的爱人》（*Marzahn, Mon Amour*）中讲述了她在柏林高层住宅区的足疗工作室里发生的悲剧和喜剧故事。例如，聪明能干的佩吉·恩格尔曼总是带着一双完美无瑕的脚来修脚，因为实际上轮到她的男朋友米尔科来了，但他没有胆量来。还有雅努什夫人，她照顾生病的彼得长达15年，她的婚姻生活比许多历史论著更能说明东德和西德统一的历史。就像中医认为我们的双脚是整个肌体的缩影一样，卡佳·奥斯坎普讲述的故事也反映了小小足疗室中的大乾坤。

第 10 件事

SAUERTEIGBROT BACKEN

烤酸面包

我有个朋友叫约尔格，他曾在法兰克福的施泰德尔学院师从彼得·库贝卡。多年以来，约尔格一直尝试通过艺术的方法研究晚餐习惯，他给了我一份自己亲手制作的酸面团（酵头）。

自那以后，我就开始定期烤面包了——不是那种硬得发皱的谷物面包，也不是用面包机做出来的伪自制面包，而是真正的酸面包，它看起来就好像是从大都市时髦的面包店里买来的，而这些面包店其实只是模仿了乡村面包店的做法。即使是孩子们也喜欢吃我做的酸面包，能亲手制作酸面包这样的高品质主食，让我深感满足。

制成酸酵头最迟两个星期以后，酸酵头就需要得到"照料"，即喂食面粉和水，这就是为什么它很快就成了你必须照顾的家庭成员。但酸酵头不会发出声音，也不会把家里弄得一团糟。

也许是因为业余面包师与酸酵头之间的亲密关系，酸酵头交易如雨后春笋般出现，人们展示、赞美和讨论这些不起眼的"朋友"。约尔格就在这样的活动中遇到了一个拥有70年历史的酸酵头的主人!

有了酸酵头,你不仅可以延年益寿,还能重新找回年轻的感觉。烘焙、照料和护理这种酸酵头让人想起了"赫尔曼"发酵剂,它在20世纪80年代以"幸运蛋糕"或"梵蒂冈面包"为名广泛流行,并一度占领了德国所有的冰箱。但是,赫尔曼从来没有过真正的"盛世",因为当时的人太年轻,对这个沉默的"朋友"并不感兴趣。

第 11 件事

SELTSAME DINGE SAMMELN

收集奇怪的东西

11/50

无论是亲笔签名、蝴蝶标本还是父亲送你的圣诞礼物，你可以收集任何东西，只要你开心快乐就好，正如歌德那样，他本人就痴迷于收集书籍、手稿、矿石和画作。

然而，并不一定非得收集以上这些物品。哲学家瓦尔特·本雅明认为，"与分心作斗争"是收藏家永恒的主题。事实上，每一个收藏家都在创造和维持着属于自己的秩序，从而成为"宇宙的统治者"，这个宇宙只有他们自己才能进入和理解，而且必须不断维护、扩充和展示。

一个充满热情的收藏家永远不会无所事事，因为他们总是在寻找下一件奇妙的收藏品，并且他们心中总是有一个目标。

就连孩子们也热衷这种从旧石器时代祖先那里继承的原始本能。男孩喜欢收集足球队贴纸，女孩喜欢收集芭比娃娃，或者像我一样，专门收集包装精美、芳香四溢的酒店香皂，这些香皂最早是我父亲旅行归来时给我的，后来我收集了大量香皂，至今仍然不缺香皂用。因此，收藏也可以带来实际的好处，而不仅仅是堆在那里。正如我的酒店香皂收藏，以及奥地利作家卡尔-马库斯·高斯在他的著作《我房间里的探险之旅》（*Abenteuerliche Reise durch mein Zimmer*）中提到的浴帽收藏一样，即使是最不起眼的寻常物品，连在一起也能构成一个独具匠心的记忆长廊。

任何没有克服童年的狩猎和收藏本能并有严重囤积癖好的人都会被视为"肛门滞留人格"，这一说法起源于弗洛伊德，而这位精神分析学派的创始人本人就是一位拥有3000多件藏品的收藏爱好者，他的收藏包括古董雕像、圣甲虫和戒指等。因此，当弗洛伊德把收藏解释为一种替代性满足时，他知道自己在表达什么，比如说对缺乏成功的满足。

无论收藏背后的心理因素是什么，收藏都能给我们带来快乐，而且随着年龄的增长，我们收藏的对象可能就越发荒谬。但无论如何，最好不要太过严肃、太过传统，或者收藏其他什么处于灰色地带的东西，我们尽职尽责地收集生活垃圾和税票就足够了。

收集有眼袋的人（霍斯特·泰伯特、费特胡拉·居伦）

的图片、自己的胡茬、错失的机会或其他任何奇奇怪怪的东西，都可以是一种令人愉悦的消遣。在互换会、跳蚤市场或俱乐部，你会遇到足够多与你志同道合的人，他们能够理解你的收藏怪癖，而其他人很可能只会听了摇一摇头。

第 12 件事

BAHNEN ZIEHEN
运动

12/50

泳池在阳光下闪烁着碧蓝色的光，五颜六色的泳帽在水面上浮动。当你一头扎进一条有白红相间浮标的笔直泳道时，草地上孩子们欢快的笑声和10米跳台上恐惧的呐喊声才会远远传来。50米的泳道，一个来回接着一个来回，转弯，滑行，仿佛泳道从未停止过一样。

曾经是一名奥运游泳运动员的艺术家利安娜·夏普顿写了一本自传，她的书中充满了迷人的画面和想法："游泳时，我任凭自己的思绪漫游。我自言自语。透过泳镜，我看到的是乏味而模糊的景象，因为每条泳道上都是同样的景象。平淡无奇、杂乱无章的记忆在我脑海中生动而随意地闪现，就像幻灯片一样，五彩缤纷，忽明忽暗，仿佛入睡前闪过脑中的念头，或无关紧要，或越发强烈，在再次消散前积聚起来。"

当然了，除了游泳，你也可以在公园里跑步、骑自行车、滑旱冰，或者做一做其他单调的运动。关键在于，年轻的时候你总是希望以一种积极的方式打乱平静的生活，而这种生活却表现出千篇一律的样子。现在，你已经准备好品味和享受它了。

因为在平淡生活的表面之下，往往蕴藏着意想不到的惊喜，只要你继续前行，静待它的出现，它就一定会到来。

第 13 件事

EINE PLAYLIST FÜR DIE EIGENE BEERDIGUNG ZUSAMMENSTELLEN

为自己的葬礼制作音乐播放清单

13/50

回顾这些年来参加过的葬礼，当你站在墓前，不仅要为墓中之人的离世而痛苦，还要被不适当的音乐伴奏折磨。如果想让你未来的葬礼悼念者免受其苦，你就应该及时为自己的葬礼整理出一份音乐播放清单。

安安静静地聆听着自己的人生轨迹，会是一种莫大的享受。这里有你和伴侣第一次亲热时的背景音乐；你们最痴迷的乐队的音乐，你们曾为了拿到他们的签名而一路追到邻国；你们婚礼上舞会的音乐，不那么合适但是节奏欢快；离婚判决时号啕大哭的咏叹调；当然还有那首总是让你们起鸡皮疙瘩的尴尬歌曲。

几乎没有什么东西能像音乐那样，把你瞬间拉回久违的生活场景中，这就是为什么个人音乐播放清单会触动人心。然而，正是因为它像扩音器一样放大快乐、悲伤，让我们感受到幸福、绝望或忧郁的情绪，我们才会去听音乐。

在为自己的葬礼制作音乐播放清单时，长期被遗忘的瞬间或气味将会被唤醒，这些瞬间或气味应该定期得到检查、维护和更新。毕竟，你还没有到音乐播放清单上没有任何东西可更新的地步。

为了不让这个音乐播放清单变得太过老套，你至少应该为下一代（比如你的子女、孙辈）留出一个到两个空位。这样，你自己的葬礼就不会听起来像50岁、60岁、70岁、80岁老人的聚会了。

第 14 件事

JEDEN TAG EIN GEDICHT AUSWENDIG LERNEN

每天背诵一首诗

14/50

我有位同学，他的祖母虽然从未去过法国，但她仍能流利地使用自己70年前在学校学到的法语，而且还可以全篇背诵德国作家席勒的长篇叙事诗。

这位老太太保持了如此优异的成绩，但她既没有去解数独谜题，也没有去参加一些如今被推荐用来增强注意力和记忆力的大脑训练课程。事实上，她的大脑灰质之所以还保持如此活跃，是因为她每天都会背诵一首诗，让诗句给她带来真正的震撼。

因为正如奥地利诗人恩斯特·杨德尔所说的那样："语言的复仇就是诗。"在这里，"复仇"指的是好诗中优美、奇特的语言形象和词语创造，它们超越日常，挑战我们的想象力，磨砺我们的语感，愉快地撼动着我们根深蒂固的观念。

如果你经常背诵这些"复仇的天使"，很多方面都会得益于此。毕竟，背诵不仅是完美的记忆训练，而且付出这个小小的努力还会得到一个随时可用的个性化图书馆。如今，这一点变得尤为重要，因为每个人都把记忆放进了裤兜或手袋，这让他们无可救药地依赖手机电池寿命、充电线和接收键。

正如英国女作家珍妮特·温特森在她的自传体小说《我要快乐，不必正常》中所写的那样，在她十几岁的时候，她讨厌的养母认为她从图书馆借的书是魔鬼的作品，毫不犹豫地把书一本接一本从窗子里扔出去，提着小煤油炉走进院子把它们焚烧了。"外在的任何东西随时都可能被夺走，只有内心的东西才是安全的。"于是，她开始把自己最喜欢的书整段地背诵下来。

在不那么冒险的情况下，记住一首好诗也是有益处的。去看医生时的长时间等待，还有失眠的夜晚，如果你能够（无须开灯）回忆起那些精心挑选的词句，就不会觉得那么痛苦了。正如18世纪的人们背诵《圣经》中的诗句，并在困难的情况下回忆那些诗句一样，人类最古老的文学形式——诗歌为我们提供了安慰与欢乐，它刺激、挑动着我们的大脑和心脏。

第 15 件事

ETWAS ZUM ERSTEN MAL TUN

第一次做一件事

15/50

初吻、第一次心碎、第一次没有父母陪伴的旅行、搬进自己的公寓入睡的第一个夜晚，以及上班的第一天，都是独一无二、让人难以忘怀的。虽然初吻可能不是你所经历过的恋爱中最美好的那一刻，但它所迸发的感情却是前无古人、后无来者的。没有什么能再把你的一切搅得天翻地覆，让你天旋地转。赫尔曼·黑塞的名言"每一个开端都蕴含着魔力"可以更好地表达这一点。

然而，每个第一次其实也是最后一次。在某种程度上说，第二个吻只是第一个吻的变体，它也适用于后续所有的吻。而且，年龄越大，"第一次"经历某件事就越困难。想一想，你已经尝试了多少次，抛弃了多少次，重新开始了多少次啊！从"第一次"这个词语的最佳意义上来说，什么能真正让你感到震惊？

事实上，你只是变得太懒散了，懒得去追求那些你以前不敢做、负担不起的事情，或为自己找自怨自艾的任何借口。澳大利亚作家布朗妮·维尔出版了一本书，书中总结了人们在临终前最后悔的五件事情，它们基本都是人们没有做过的事情。

所以，让我们开始做吧！

不一定非要去跳伞，但这确实可以为我们打开一些思路。无论你是第一次独自出门度假、第一次发布征友广告、第一次参加交换俱乐部，还是第一次自己种菜、画水彩画、报名参加舞蹈班，都与跳伞一样，你要做的就只是打开舱门，然后跳下去。

因为没有什么比第一次体验新事物更能唤醒你。

第 16 件事

ZU HAUSE BLEIBEN

宅在家

晚宴、派对和首映式——过去这些活动你都不得不参加，不管你在路上来回奔波有多么疲惫，或者你压根儿就对这些活动不感兴趣。有时你还会遇到无聊的对话、糟糕的戏剧表演、因不讨人喜欢的同事的尴尬示好而被迫戛然而止的公司圣诞派对。

当然，也有欣喜若狂的时刻，正是这些时刻可以让你在老去的岁月里津津有味地回忆起过往。而这一次，你却冷酷无情地拒绝了第 768 次邀请，准备用一杯上好的葡萄酒来犒劳自己——毕竟，你省下了打车费——然后干脆躺在沙发上休息。

不管怎样，随着年龄的增长，你越来越享受独自宅在家度过一个夜晚。过去令人生畏的事情现在变得不再让你害怕了，独自宅在家对你来说更像是一种愉快的体验。好在年轻时体力充沛，你经历得多，日后便有丰富的回忆，而不必强迫自己老了再去参加各种社交活动。

第 17 件事

BIKINI TRAGEN

穿
上
比
基
尼

17/50

在意大利海中游过泳的人都知道，那里所有的女人，无论年龄大小，无论身材苗条还是满身赘肉，都在海边穿着比基尼，在约莫 1700 年之前就是如此了。在那时，西西里岛卡萨尔的古罗马别墅的马赛克壁画上就出现了穿着两件式服装的年轻女性形象。

而我们今天之所以知道"比基尼"这个名字，要归功于法国汽车工程师路易·里尔德。1946 年夏天，已经 52 岁的里尔德接管了母亲的内衣生意，并转行成为服装设计师。首次展示自己设计的超短两件式内衣时，他甚至只能请到一位脱衣舞娘充当模特，因为当时巴黎的专业模特都不愿意如此暴露自己的身体。

事实上，里尔德这两块小小的布料一下子就成了"时尚炸弹"。里尔德还大胆地以太平洋上的一个小环礁为这种内衣命名，因为在他举行比基尼发布会的四天之前，这里进行了战后第一次原子弹爆炸试验。里尔德希望通过色彩明丽的比基尼为"二战"中伤痕累累的人们送去一份欢乐，并告诉他们，生活中的每时每刻都值得珍惜。

与其羞涩而闷闷不乐地将湿漉漉的连体泳衣套在身上,不如让女性自信而愉悦地将腹部袒露在阳光之下,不管她们的肚子是扁平圆润的,还是难看而长满皱纹的。就像所有男性都会做的那样,不管他们是年轻还是年老,是肥胖还是瘦弱。

第 18 件事

TICKS UND MACKEN PFLEGEN

保持怪癖和小毛病

18/50

比利时超现实主义画家勒内·马格里特讨厌民间传说、童子军和油的气味；加拿大钢琴演奏家格伦·古尔德只会坐在摇摇晃晃的椅子上弹钢琴；古罗马名将恺撒和沃伦斯坦都无法忍受猫的喵喵叫；物理学家阿尔伯特·爱因斯坦喜欢从街上捡别人的烟蒂，把刮下来的烟草残渣塞在自己的烟斗里；德国电影理论家西格弗里德·克拉考尔非常讨厌公开自己的出生日期……文学家西尔维亚·波文申专门写了一本书来阐述这种敏感性，她表示"对'美味的'和'可消化的'这些词感到厌恶"。

各种各样的怪癖和小毛病不胜枚举，这些怪癖通常是由其他人的怪癖和习惯引发的，包括呼吸声、咀嚼声或吞咽声等，这些声音使对此敏感的"共情者"感到受到了虐待，以至于这些高度敏感的人宁愿选择用肢体冲突和暴力来对抗这些令人烦恼的声音，而不是忍受它们。

随着年龄的增长，个人特质既不会减少，也不会减弱。我们现在已经意识到生活中并非所有的事情都可以改变，是时候放松下来，培养一下自己的怪癖了。正如我们现在所知的那样，大多数古怪的癖好都是为了缓解紧张的情绪，或者像所有仪式一样，为我们减轻压力，提供一种情绪上的安全感，因此保持这些怪癖和小毛病是健康的。

所以，散步的时候特意不踩在人行道的砖块缝隙里，把家里地毯卷曲的边缘捋直，或者在锁车之前祝愿自己的车有个美好的夜晚，享受这么做吧！毕竟，你已经适应了足够长的时间，从某个年龄开始，一点点怪癖和小毛病会有助于磨砺你的个性。

第 19 件事

EINE KUR MACHEN UND EINEN KURSCHATTEN FINDEN

去疗养，
再找一个
疗养伴侣

19/50

起初，去疗养听起来更像是咯吱作响的橡胶凉鞋，或者是淡而无味的茴香茶包，被视为一种不那么愉快和舒服的经历。因此，在年轻的时候，我们可能只会在不得不去疗养时才去，而且可能会带有反抗的情绪，或者偷偷地去疗养。

然而，疗养实际上可以成为你的人生转折点——温热的泥浆、清新的海风或山间的空气、放松的按摩和体重的减轻，这一切让康复中的身体和灵魂得到放松。因此，在这个过程中与异性的香艳邂逅是自然而然发生的，而不仅仅是在疗养中心的社交场合，比如咖啡馆的茶会和舞会上。

单调乏味的疗程当然也是原因之一，这再次说明了无聊是多么富有成效。就连歌德也曾热衷于疗养和泡温泉，在去玛丽亚温泉市疗养时，年过七旬的他还爱上了在那里遇到的一位 19 岁少女。歌德曾说过："只有邂逅一段恋情才能让人忍受温泉假期，否则就会无聊而死。"

歌德和卡夫卡喜欢并忍受着玛丽亚温泉市的无聊，在捷克诗人扬·聂鲁达的眼中，这个温泉小城甚至像童话一样。无论如何，18 世纪和 19 世纪盛行水疗与其说是出于健康原因，不如说是因为它很有意思。在巴登 - 巴登或特普利采等高级温泉疗养胜地，艺术家、知识分子还有一些寻欢作乐的人都喜欢在这里聚会，因为这里的社交礼仪更加宽松，社交变得更加容易，甚至可以跨越阶级的界限。

时至今日，当涉及疗养时，社会规则似乎不再起作用了。23 年前，我最喜欢的一位叔叔在跳舞时遇到两位大胆的女性舞伴，他与其中一位结婚，并相伴至今。我的祖母也是如此，她早年丧偶，有一次去巴特梅根特海姆疗养，甚至带回了一位神秘的熟人，在密集的书信往来后，她与这位熟人一起消失了好几个月。

显然，疗养不仅对我们的关节或呼吸道有益，对其他方面也是有益无害。如果你在疗养时没有遇到浪漫事件，那么世界文学作品中的温泉情事和激励人心的友谊故事也足以让你享受至少六周的温泉假期了。

第 20 件事

DIE HAARE WACHSEN LASSEN

把
头
发
留
长

20/50

留短发还是长发——很多男人到了一定年龄以后就不会再考虑这个问题了，因为根本就没有什么可留的了。令人惊讶的是，大多数成年女性也会选择留实用的短发发型，这一点已经被我的理发师证实。

对许多人来说，长发是一种重要的文化象征。也许剪短头发是一种告别生育的仪式？或者说，不同的发型可能是一种宣言，就像"咆哮的20年代"流行的波波头、朋克的"莫霍克"发型或大都市男性潮人的满脸胡须。不久以前，长发曾让整整一代人的父母感到不安，这也是为什么一头茂密的秀发总是带着几分嬉皮士的气息。即使是发髻，现在也不再被认为是家庭教师般的、罗滕梅尔小姐式的造型，而是可以让西欧都市男性的后脑勺看起来比武士的还酷。

最重要的是，无论是高雅的盘发还是飘逸的长发（无论是染过的头发还是深浅不一的灰白色），与短发相比，在感官上都更加性感、优雅，就像把一件漂亮的羊毛大衣和一件防水的戈尔特斯（GORE-TEX）夹克相比一样。

因此，从纯粹的视觉角度来看，这就涉及一个问题：你是希望自己像安格拉·默克尔和特雷莎·梅那样变老，还是希望像让娜·莫罗和伊赫斯·贝尔本那样变老？

哪一种风格更加有趣，一目了然。

第 21 件事

VOLKSTÄNZE

跳民族舞蹈

21/50

从某个时候开始，你意识到自己与朋友和熟人约着晚上见面时，不再选择俱乐部、迪斯科舞厅或公园了。然而，社交通常意味着要与他人围坐在桌子旁，边吃边喝边聊天。如果你发现自己的双腿经常在桌子底下抖动，想去跳一次舞，那么你可以尝试一下跳民间舞蹈，比如广场舞或米隆加舞。

这两种舞蹈不仅需要身体的稳定性和敏捷性，还需要注意力集中和头脑清醒。另一方面，这些舞蹈有可靠的跳舞规则，即便是初学者也更容易找到自己的位置，而且因为不同的舞蹈人物不断创造新的配对，这些舞蹈也具有高度的社交多样性。

在米隆加舞会上，参加者在舞池中各就各位，男子与女子进行眼神交流，女子点头即表示同意。由于这种传统的角色扮演已不再被各地视为"政治正确"，因此很早就有了女士自选的米隆加舞，以及同性恋米隆加舞等。

尽管跳舞时人人平等，但一个令人无法回避的事实是：在米隆加舞中，一个人必须领舞，另一个人必须跟随。如果你愿意接受这个基本条件,即使你到80岁了,你仍然可以去跳米隆加舞。米隆加舞和其他民间舞蹈不仅是跨越时代的,而且在国际上广受欢迎。在世界各地你都可以看到人们在跳米隆加舞,而且往往是在最令人惊讶的地方。

举个例子,我的一个朋友经常在他家的大厨房里组织米隆加舞会,舞者们在探戈舞步中随着摇滚乐和流行音乐摇摆,效果非常棒。因此,即使你讨厌探戈或乡村音乐,也没有理由待在餐桌旁而不去加入他们。

第 22 件事

ZU FUSS GEHEN

步
行

22/50

不仅小孩子，很多成年人也有这样的疑问：开车要快得多，为什么还有人要步行？

答案是：在自己家的街区、异国都市或大自然中散步，是更美好、更令人兴奋、更有活力的事情。

开车时看不见也听不到的东西会以精彩的面目展现在步行者面前，比如房屋外墙上一个不起眼的细节、一股浓烈的气味透过窗户飘到街上，或者是"冷沙漠"移动的声音——挪威冒险家、出版商、艺术收藏家和作家埃尔林·卡格在独自一人前往南极的旅行中学会了分辨这种声音，以及雪的颜色深浅。

从一个地方步行到另一个地方，可以延长我们的寿命，这不仅仅是因为运动可以降低血压，户外新鲜的空气可以减少我们生病的概率，还因为散步能让我们的思想和情感活跃起来。

法国思想家卢梭曾这样写道："如果不运动，我就很难思考。可以说，我的身体必须运动起来，我的思想才能震动。"卢梭可谓是著名作家中第一个思考走路实际意义的人。

步行意味着警觉、勇敢，甚至是有勇无谋。即使是最短的路程，难道不也隐含着一走了之的可能性吗？迈开步子，出发，离开！

挪威作家托马斯·埃斯佩达尔在他的作品《流浪》中谈到了这种自由。两千年以来，哲学家和诗人一直在思考有关漫步的问题。瑞士社会学家卢修斯·布克哈特甚至对此进行了专门的科学研究，卡塞尔大学至今仍在开设他的漫步学课程。

步行是实现"改变自我"这一人类古老梦想的最简单方式。然而，如今步行的人越来越少了，在洛杉矶等大城市根本不再适合行人通行。在这些地方，选择在街上步行反而显得有些叛逆，因为步行不是骑在马背上，而是在街道上与其他人保持着同等的高度进行眼神交流，现在看来其实也是一种冒犯。

埃尔林·卡格曾在 20 世纪 90 年代初徒步征服了南极、北极、珠穆朗玛峰，他这样写道："当我穿上鞋子，让自己的思绪漫游时，我可以确信一件事：把一只脚放在另一只脚前面，是我们所能做的最重要的事情之一。"如今，这位有三个女儿的父亲已不再进行这种极限旅行了。但是，他每天都坚持步行去办公室，如果没机会步行，他就爬楼梯到四楼。步行提醒我们，冒险可以从任何地方开始，而你只需迈出第一步。

第 23 件事

DIE ROCKY HORROR PICTURE SHOW ANSEHEN

观看《洛基恐怖秀》

化妆、紧身胸衣、吊带渔网袜，再加上一袋大米和几卷卫生纸——这就是 20 世纪 80 年代举办一场狂欢派对所需要的一切。当时整个电影院都能跟着演员"肉块"和苏珊·萨兰登舞成一片，唱成一团。《洛基恐怖秀》打破了许多今天仍在讨论的东西——性别界限和混乱的男女关系，甚至在偏远地区的电影院里也传播着自由和冒险的气息。

在 1975 年《洛基恐怖秀》电影版首次上映时，票房并不理想，很快便被排到了观众稀少的午夜场，多亏了第一批午夜场观众的大力支持，《洛基恐怖秀》才成了一部经典影片。顺便说一句，这部作品自 1977 年 6 月 24 日起，每周都在慕尼黑的电影博物馆上演，直至今日，40 多年来从未间断，粉丝们现在观看时仍会随意接台词、比动作、往台上扔东西，甚至还会身着戏服上台表演。如果你不知道（或不再记得）观看《洛基恐怖秀》需要带什么，可以在售票处购买一个"道具包"。

即使你很少沉浸在对青春的怀念中，这次也可以破个例。去看一场《洛基恐怖秀》,与弗兰克·N.福特、里夫·拉夫和艾迪一起再次伴着歌曲《时间错位》(*The Time Warp*)跳舞,大喊"不要只是做梦,去实现它",这是回忆生命中最重要东西的一种有趣方式。

第 24 件事

TRAMPOLIN SPRINGEN

跳蹦床

24/50

大多数人从小就没有玩过蹦床，就像有许多事情在进入青春期之前非常有趣，长大后却突然被抛弃和遗忘一样。这就是为什么在戒掉蹦床运动几十年后，你不应该立即跳回那张有弹性的垫子上翻跟头，因为蹦床对孩子来说真的只是跟看起来一样容易。如果你年纪大了以后在蹦床上疯狂跳跃，你会很快就失去平衡、扭伤脚踝或感到头晕恶心。但是，越经常像弹力球一样上蹿下跳，你跳蹦床就跳得越好。

反弹（也称为原地跳跃）的动作会让你心情愉快，是让我们保持身材的一种极佳方式，而且它是非常健康的运动。自20世纪30年代以来，美国航空航天局一直在让航天员进行蹦床训练，为失重作准备，这并不是没有意义的。即使你没有飞向太空的打算，你的身体也会在有规律的弹跳和抖动中带动400多块肌肉运动，并让你的心血管系统良好运转。

经过一小段时间的定期跳蹦床后，你在爬楼梯时会不再喘粗气，你的平衡感也会逐渐增强，僵硬的骨骼和关节会变得灵活，甚至减退的消化功能都会得到缓解。

不过，最重要的是，你可以直接"起飞"，不用买机票，也不用担心排放二氧化碳。

第 25 件事

IN DER WOHNUNG ABWESENDER FREUNDE LEBEN

在朋友家暫住

随着生命中剩余的时间变得越来越容易管理，我们不由得想象，过一种完全不同的生活会是什么样子，也许是作为一名坏脾气的探员保护犯罪现场，或者是在一个田园诗般的地方经营一家小旅馆。

但是，你没有必要抛下一切，从头再来。

假期去好朋友的家里暂住一段时间，会是一个令人非常兴奋的做法。如果他们住在不同的城市或国家，即使是早上出门去一趟面包店，对你而言也会是一次奇特的经历，平时单调乏味的日常生活开始以一种陌生的方式闪闪发光。

换到不一样的房子和环境里居住，意味着比待在自己家的四面墙里要冒险得多。即使好朋友的家与你自己的家在美学上没有太大的不同，有些差异也足以为你提供持久的灵感。在理想情况下，这个临时社区有一些熟悉的东西，与你家附近的类似，但与此同时，它的不同也为熟悉的东西增加了细微的差别，往往会让你感到吃惊。你会惊讶地发现，到处都是你从未感兴趣过的书籍，或者你会高兴地发现，在浴室放陶器、鞋子或化妆品实际上比你想象的要容易得多。

奇奇怪怪的蛋杯、床单和沙发靠背是极好的东西，让你在几天或几周内感觉自己几乎变了一个人。尝试这种转变，在朋友家暂住一段时间会让你意识到，自己的生活原来并没有那么糟糕。

第 26 件事

MAL WIEDER EINE RAUCHEN

偶
尔
抽
一
根
烟

纵观人类历史，多年以前烟草还被认为是一种具有神奇功效的药草。在哥伦布发现美洲大陆以前，人们就曾将新鲜的烟草叶子捣碎、敷在伤口上，尤其是蛇类咬伤处，并服用烟草治疗牙痛。在欧洲，烟草一经进口，便被用来治疗瘟疫、支气管炎和皮肤病。据称，早在 1560 年，法国驻里斯本大使让·尼科甚至使用烟草治疗过肿瘤。

总而言之，无论是在法国大革命前的沙龙上，还是五月风暴中，香烟产生的烟雾总能让本已固守成见的思维在智力和情感上升华到令人眩晕的高度。正因如此，抽烟总是被视为解放、觉醒和自由的象征。

派对上最精彩的对话通常发生在吸烟者的角落里，塞缪尔·贝克特、亨弗莱·鲍嘉、玛丽莲·梦露、赫尔穆特·施密特和鲁迪·卡雷尔这些令人印象深刻的人物一个接一个地抽烟（而拿破仑、路易十四和希特勒等冷酷的人自然会抨击这种恶习），这正是人们在某一时刻开始吸烟的原因。

老实说，尽管尼古丁引发了一系列的健康问题，让人依赖成瘾、长期咳嗽、皮肤粗糙，但抽烟对许多人来说并不是生命中最糟糕的一段时光。

如今，在美国，甚至都不再允许死刑犯享受最后一根香烟了。一方面，你不得不为自己没有抽烟的习惯而感到高兴，哪怕只是因为沉溺于烟瘾已经变得不方便了。另一方面，虽然戒烟很容易，但人们偶尔也可以重新开始抽一根烟，体验一种挑战性、魅惑和稍微堕落的感觉，正如马克·吐温所说的那样。毕竟，尽管抽烟不健康，但抽烟者却因此感受到了一种与死亡接触的感觉。

德国作家兼昆虫学家恩斯特·荣格尔可能深谙此道，他不仅每天喝香槟、洗冷水澡，而且在 99 岁高龄时又开始定期抽他心爱的登喜路香烟。毕竟，他已经快 103 岁了，还需要什么呢？"你需要意志力，"老烟枪赫尔穆特·施密特说，"还需要香烟。"

第 27 件事

EIN INSTRUMENT LERNEN

学
一
门
乐
器

27/50

与大卫·鲍伊不同，大多数人在 10 岁时不知道自己想成为一名著名的摇滚明星，因此没有把学习一门乐器的想法坚持下去，最终对此失去了兴趣，而不久之前他们还曾热切希望演奏这种乐器。他们没有意识到，要想让它听起来相当不错，自己究竟需要多长时间的练习。

音乐教育的绝对低谷往往出现在青春期开始的时候，这时你会有一定的自我反思能力，突然发现不知道自己实际上在干什么。"永远不再打开钢琴盖是一种耻辱"，愤怒的父母在这种时刻所当然地指出。这不仅仅是因为大量的金钱和精力被白白浪费了，还因为你意识到追随大卫·鲍伊或安妮-索菲·穆特的脚步演奏音乐不可能成功，但是创作音乐（玩音乐）还是有趣的。

无论如何，人一旦到了一定年龄，就不会再抱有那么高的期望了，所以你只需开始叮叮咚咚地弹奏、吹奏或敲击就行了。不管你是想打开旧乐器，温习一下曾经学过的知识，还是想从头开始学新的乐器，令人惊讶的是，曾经折磨你的一切现在都变得非常有趣：练习，无休止地重复，不断地失败，然后重新开始。

如果你足够幸运，能与志同道合的人一起弹琴，一起歌唱，你也会从你们制造的怪异声音中找到乐趣，并尝试一起和谐地演奏。正如"十二音体系"的发明者阿诺尔德·勋伯格所说的那样，艺术不是来自能力，而是来自"不得不"。

第 28 件事

SICH VON JÜNGEREN DIE WELT ERKLÄREN LASSEN

让年轻人给你讲讲这个世界

28/50

你小时候每次过生日总是期待着生日蛋糕上再多插一根蜡烛，许下的愿望是希望自己变得更高、更壮、更酷，除此之外别无所求。其中，变酷绝对包括"永远不要让一个更小的孩子对自己指指点点"。

举个例子，一个五年级学生不可能让一个在足球上颇有天赋的三年级学生教他复杂的脚尖踢球，也不可能问才华横溢的小妹妹为什么烧红的煎锅里的意大利面就是不会变软。这种智力等级划分只有在天赋分配极度不公平的情况下才会被推翻，比如小弟弟是个数学天才，而且原则上这种情况会一直保持到职业生涯结束。

然而，在职业生涯中，非常年轻、缺乏经验的新同事突然掌握了对你来说相当困难的一些技能，这种情况会越来越多。最迟现在（但最好是更早），你就应该宣布"越年轻越笨蛋"的原则已经过时，并认真关心年轻人在想什么、听什么音乐，或者他们会如何打发自己的空闲时间。

如果你在与年轻人交谈时，不对他们所说的每一句话都立刻妄加评论，也不长篇大论地介绍过去你经历的一切是多么美好，那么你可能会非常幸运，他们会带你去听音乐会、看演出、攀岩，或者一起追一部大家都在谈论的连续剧。即使你意识到自己还是更喜欢以前的老音乐和旧电影，从年轻一代那里了解一些新东西也是很好的。

只有那些绝对不想再这样做的人才是真的老了。或者正如奥地利作家埃布纳-埃申巴赫所说的那样："只要你还愿意学习新事物、适应新习惯，还能容忍矛盾，你就会永远保持年轻。"

第 29 件事

AN EINER STADTFÜHRUNG IN DER EIGENEN STADT TEILNEHMEN

参加自己
所在城市的
导览活动

"亲爱的上帝，请让我继续活下去吧——我也要和你一起去歌德故居！"

据说，这是一位垂死的法兰克福人在临终前向天堂发出的祈祷。法兰克福人对于自己所在的城市，也就是歌德的出生地，是出了名的厌恶。我也得承认，在法兰克福生活的 10 年美妙时光中，我从未去过歌德故居这个所谓的名胜古迹。

在你的家乡或者是定居的城市，你不会想成为一名观光客，也不会想在公共汽车或游船的上层甲板上与其他穿着风衣的人争抢最佳观景点。同样，对于柏林人来说，跳上 100 座的观光巴士，或者对于汉堡人而言，参加大型海港游，也是一样的道理。

我搬离法兰克福多年以后再去参观歌德故居时，看到他在法兰克福的书桌、书籍和信件，它们使这座重建于西斯格拉大街的半木结构建筑至少有了一丝真实感，同时也给了我超乎想象的触动。

人到晚年，你不应该等到你已经离开一个地方，才去了解它。毕竟，重新审视平日里熟视无睹的东西、每天不经意走过的一切，就像在参观一样，其实是非常让人兴奋的。带着警觉与好奇的目光走过你的邻居家，你会发现一个全新的视角。

如果你不想参加导游导览的城市之旅或"城市漫步"(City Walk)，你可以跟随(文学)历史上著名的漫游者，像夏尔·波德莱尔、瓦尔特·本雅明、西格弗里德·克拉考尔、罗伯特·瓦尔泽和彼得·汉德克一样，忧郁地漫步在街道上，深入其境。

通过这种"城市阅读"的方式，正如弗朗茨·黑塞尔所讲的那样，你能够在街道、房屋和居民中读到如此多的新故事，最枯燥的日常生活也将重新焕发光彩。

第 30 件事

VÖGEL BEOBACHTEN

观
察
鸟
类

30/50

绝大多数鸟儿看起来都非常美丽，还有相当数量的鸟儿能发出迷人的叫声，最重要的是，它们还能做人类梦寐以求的事情——飞翔！

对于我们这些地球居民来说，蓝林莺、白枕鹤和秋沙鸭这些长着羽毛的朋友那优雅的盘旋和滑翔就像它们的名字一样神秘。我们从未真正接近过它们，除非你有无尽的耐心和非常高级的望远镜。如果你同时拥有这两样东西，你还必须仰望天空，静静地等待它们的出现。

观鸟这种集中注意力的活动实际上与冥想有很多共同之处。当一只鸟终于出现，并通过望远镜非常近距离地现身在你眼前时，作为观赏者的你会强烈体验到一种非常独特的美好，在这个时刻，你可以同时体验到真实存在和稍纵即逝。

如果有人能够从那些常见的空中生物身上找到乐趣，甚至为一只看似普通的山雀而着迷，那么这个人正在努力保持初心，也就是对新事物的兴趣。阿努尔夫·康拉迪曾经是一名出版商，他非常热衷于观鸟，在他写的《禅与观鸟艺术》（*Zen und die Kunst der*

Vogelbeobachtung）一书中，他提醒我们："冥想不是为了追求任何东西，它自成一体，自给自足。而观鸟也是自给自足的，它安于自身，不是为了实现什么，而是为了成为某种东西。"

即使是像阿加莎·克里斯蒂、伊恩·弗莱明、菲德尔·卡斯特罗、米克·贾格尔和乔纳森·弗兰岑这样的著名人物，也可以通过观鸟来找到乐趣和满足感。

作为一个作家，乔纳森·弗兰岑在他的欧洲阅读之旅中喜欢绕道前往观鸟胜地，他曾在某个观察点停留长达 14 个小时，这种长时间的观察与他在书桌前的工作完全没有区别。弗兰岑认为，写作还需要培养一个人的耐心和寻求恰当时机的感觉。因为这正是每个人都在寻找的东西，所以观鸟不再是白人老头的专属爱好。

在洛杉矶，文艺青年们相约在一家酒店的屋顶上举行"鸟与酒"活动，他们一边喝酒，一边观鸟；在柏林，鸟类爱好者下班后聚集在蒂尔加滕公园，举行"下班观鸟"活动；在伦敦，他们甚至还会举办观鸟节。

不过，尽管有这么多时髦的活动，也不应该阻止你偶尔仰起头，看看从你身边飞过的鸟儿。毕竟，"生活的真正智慧……是在平凡中发现奇妙"，美国作家、诺贝尔文学奖获得者赛珍珠如是写道。

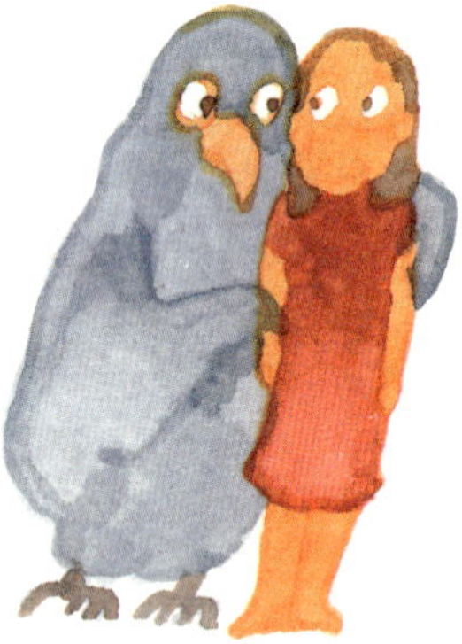

第 31 件事

SICH LANGWEILEN

无
聊
一
下

快乐、激情、悲伤和绝望——当谈到感情时，我们大多是对强烈的情绪感兴趣，因为这些情绪为艺术和哲学提供了丰富的素材，但实际上，在日常生活中它们并没有发挥特别重要的作用。

相比之下，还有一些不那么显眼的情绪，比如舒适、心情不好、急躁或无聊等，往往就没有那么引人注目。尤其是无聊，对孩子来说尤其难以忍受，这就是为什么他们经常用单调、重复的短句"我很无聊！"和"我该怎么办？"来折磨他们的父母（他们最喜欢的就是再次感到无聊了）。如果你想做一些对他们和你自己都有好处的事情，答案是"什么都不做"。

因为只有什么都不做，某些事情才能真正发生，一个人才能真正成为自己。

奥地利作家沃尔夫·哈斯认为："无聊是最好思想的唯一源泉。如果没有无聊，人类就不会创造任何东西，不会发明拉链，不会登上月球，什么都不会！"

你可以从伟大的歌舞表演艺术家格哈德·波尔特那

里学习如何沉浸在这种鼓舞人心的无聊状态中，他是"无聊艺术"的狂热拥护者，他坦言："我在漫无目的地混着日子，但做任何事情都充满热情。"当被问及他是否觉得今天的人们比以往任何时候都更加厌倦无聊时，波尔特直言，与过去不同的是，如今人们用无聊的方法来对抗无聊，为了对抗无聊而组织的行动实际上更加无聊。

另一方面，美好的无聊，即闲暇，则是一种美妙的"闲逛"，生产力的达摩克利斯之剑如果没有悬在你的头上，你就可以做任何你想要做的事情。当什么都没有发生的时候，只是看起来如此，但其实总会有事情发生，无论是一只蚂蚁走过沙地，还是灰尘因为阳光从窗户照射进来而变得清晰可见。

问题在于，一个人是否能够敞开心扉，接受这一切。对于那些以"不"作为答案的人来说，当务之急是放下手头的一切，马上什么也不做。与我们这个以业绩为导向的社会所期待的不知疲倦的忙碌不同，真正的闲暇和深层次的无聊其实是一种极度放松的状态，它让人精神振奋，备受鼓舞。或者正如弗里德里希·尼采所言："那些完全抵御无聊的人，也是在抵御自己。"

第 32 件事

IN JAZZCLUBS GEHEN UND WHISKY TRINKEN

去爵士乐酒吧，喝杯威士忌

32/50

一听到"爵士乐"这个词，就让人联想到节奏，有一种反叛的感觉。在每一场还算成功的音乐会上，这种音乐的反抗性、即兴性和惊喜性都会引起观众的共鸣，让酒杯中的液体晃动，观众的身体也不由自主地随之摇摆。

酒吧的舞台通常显得过于狭窄，就像生活本身一样。每个人似乎都沉浸在自己的世界里，独自与他们的乐器在一起，却又不断与乐队同伴对话，他们本能地对对方作出回应，接续着一个从某处已经开始的故事，并将其推向深入。

在日本作家村上春树的作品内容中，音乐占了很大比重，他还收藏了大量唱片。在 20 世纪 70 年代，村上春树与妻子阳子在东京经营了一家小型爵士乐酒吧，以他去世的猫"彼得"的名字命名。虽然酒吧已不复存在，但他的粉丝们至今仍对其旧址趋之若鹜。

爵士乐和威士忌在日本结成了一种特殊的联盟。如果你去东京旅行，就会发现在那里的爵士乐酒吧里，有相当多的女性会独自一人心满意足地喝着威士忌听音乐。这可能也是由于她们不必担心被人嘲笑或搭讪，因为爵士乐爱好者太酷了。

我的一位（流行）音乐家朋友向我解释说，必须等到年纪大一点才能真正喜欢上爵士乐。看看时髦酒吧里的观众，他们似乎并不是唯一需要一些时间来欣赏复杂音乐的人。在爵士乐酒吧里，喝着味道有点像"狂野西部"和"阿尔·卡彭"的威士忌，每喝一口，每听一首歌，都能让你的思绪飞得更远，这才是真正的快乐之道。

毕竟，爵士乐和威士忌的结合能刺激负责处理情绪的大脑边缘系统，这对于展望美好未来至关重要——至少在播放几首歌的时间里是这样。

第 33 件事

IM CHOR SINGEN

加入合唱团

33/50

很少有什么事情像唱歌一样，能消除人到中年时频繁出现的坏情绪。哼唱出一段旋律会让你感到快乐，但你最敢做的事就是在洗澡时一个人唱歌，当然了，有别人在场的时候唱，多多少少会有些别扭。在我们的文化中，除非你是歌唱家，不然一定羞于在别人面前唱歌。幸运的是，只要有几个人加入，这种禁忌就会消失。

如果你不想等到下一次去体育场或圣诞节时才真正提高嗓音，那么从合唱团开始就是最适合你的方法。在合唱团里，经过一次又一次排练，随着音律愈加和谐，自我批评的顾虑会逐渐消失，直到你甚至不再考虑其他人对你的看法。有人在前面告诉你正在做什么，这本身就是成为合唱团成员的一个很好的理由，毕竟，在一天的辛勤工作之后，放下一切，让自己被集体带着走，这难道不是一件美妙的事情吗？

唱歌会让你感到幸福和快乐，因为积聚在头脑中的一切都会滑入你的横膈膜，即你的身体中心，并得到转化。用自己的身体创造音乐，并将它融入集体发出的声音，这种感觉令人振奋。

除此之外，几乎每个合唱团在排练结束后都会在酒精饮料的帮助下培养集体感，因此，这是一种认识很多人的简单方式。正如斯蒂芬·沃克拍摄的纪录片《我心不老》中所描述的那样，这种活动可以一直持续到你的葬礼。在这部纪录片中，这位英国电影制片人为来自马萨诸塞州北安普敦的一个由 75~92 岁老人组成的合唱团伴奏，他们不演唱民谣，也不演唱教堂歌曲，而是专门翻唱涅槃乐队、碰撞乐队或詹姆斯·布朗的朋克摇滚或灵魂乐。任何人只要看到这些年过半百、白发苍苍的老太太和老先生们转动着人工髋关节，大声唱出"我感觉很好"，就会明白什么是真正的"年轻的心"，而且也不会再怀疑，在人生下半场开始的时候，还有比合唱团更好的地方。

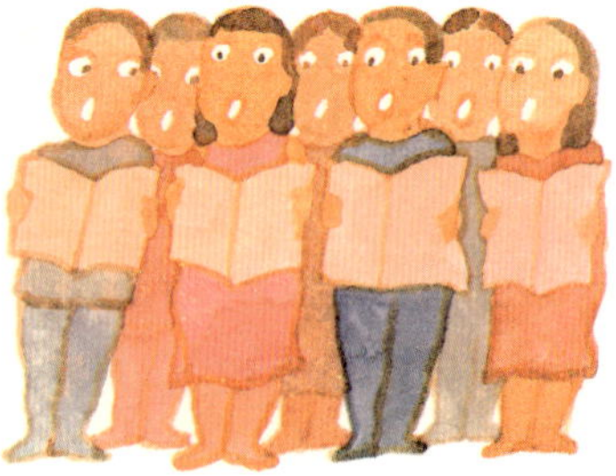

第 34 件事

DAS WETTER STUDIEREN

研
究
天
气

一项调查结果显示，英国人每年平均花 49 个小时谈论天气。"今天天气真糟糕，不是吗？"或"今天天气真不错！"是他们最常用的开场白，不管是与邻居、同事还是与排队时前后的陌生人聊天，都可以以此开启一段无伤大雅的轻松对话。多亏了气候变化和随之而来的对未来的悲观展望，即使是我们这些脾气暴躁的德国人，在谈到天气时也不再被指责为肤浅的闲聊。

为了结交新朋友，对天体运动发表独到的评论、定期研究天气预报，这些当然是必不可少的，而年轻人对天气预报不感兴趣，除非是孩子的生日宴会或露天聚会即将到来。

到了更年期（据说男性也会受到更年期影响），这种不感兴趣就会变成相反的情况，也就是说，人们对天气的敏感程度会明显增加，气候的变化会让人难以捉摸。

更重要的是，与我们的生活不同，天气至少有可能很快发生变化。奥地利作家沃尔夫·哈斯写道："从长远来看，没有一个人像天气一样有趣。"

这句话可以在哈斯的小说《十五年前的天气》中找到，小说的主人公维托里奥·科瓦尔斯基 15 年来一直对阿尔卑斯山的一个偏远村庄的高气压和低气压区域了如指掌，并凭借自己的专业知识在电视节目《想挑战吗？》中脱颖而出。当然，他这种对天气的热情是由过去经历的悲惨事件激发的，否则小说中的故事就不会如此激动人心。

事实上，如果你坐在温暖干燥的沙发上研究天气，它所揭示的生存维度的复杂性丝毫不亚于室外，在室外，各种元素直接在你耳边肆虐。加文·普雷特–平尼的《云彩收集者手册》是一本有趣的云彩观察手册，阿达尔贝特·施蒂弗特的小说《山中水晶》（*Bergkristall*）中的情节发展源于一次不准确的天气预报，卡伦·杜韦湿漉漉的《雨的传奇》（*Regenroman*）以及西蒙娜·布赫霍尔茨的圣保利犯罪小说都以天气为主题，在这些作品中，人们可以更准确、更方便地研究云层、降水或热浪。在西蒙娜的作品中，天气与主人公——检察官查斯蒂·赖利那令人同情的古怪内心世界如出一辙。

世界气象文学作品的数量，可能和普通人一生中遇到的所有下雨的星期天加在一起一样多。无论其中有多少充满诗意的云团或雨量差异，都一定会使下一次有关天气的聊天更加激动人心。

SEIN TESTAMENT AUFSETZEN

拟订遗嘱

我们一生都在写清单。小时候，大人让我们列购物清单，我们就自豪地拿着清单奔向商店；后来，我们用待办事项清单来对抗日常生活中最糟糕的混乱；再后来，它们甚至成了遗忘的黑暗海洋中的一盏明灯。

然而，列清单不仅能从真正意义上让生活井然有序，还能让看似难以理解的事物在你面前豁然开朗，比如你的爱情生活。英国作家尼克·霍恩比在他的畅销书《失恋排行榜》中讲述了濒临破产的唱片店老板罗伯的故事：在女友离开他以后，罗伯开始依照年代排序列出让自己最伤心难过的五位前女友——"失恋排行榜"，他把自己人生的不同阶段比作好唱片和坏唱片。

日本古代女官清少纳言的《枕草子》也是一本微妙的书，它是日本文学中最早和最重要的散文随笔集。在这本小小的日记体小册子中，清少纳言每隔几天就以简短列表的形式写下自己的好恶，例如关于"漂亮""讨厌""稀罕物"，或者"一个人的遗憾"。这种反思和整理的写作尝试具有冥想和集中注意力的作用。当然，很早以前就有一大堆书籍介绍了列清单的益处。

人生的终极清单是遗嘱,应该尽早开始拟订它,并愉快地书写。

我的朋友在比较年轻的时候就写了遗嘱,事后,他们惊讶地发现这项工作给他们带来了无穷的乐趣。想一想,你留下的钱想要捐给谁,是朋友、亲戚、教子,还是与你心心相印的机构,就能发现你的生活有多么丰富。你也一定要在遗嘱中列出你最喜欢的歌曲、最美好的回忆,以及最让你感到遗憾的错误。

第 36 件事

WILDWUCHS STATT WAXING

放弃剃毛，不再蜡脱

36/50

无论是波提切利的维纳斯、米开朗琪罗的大卫，还是《布拉沃》杂志的启蒙运动模特，通常只有身材匀称、没有毛发的身体才会被认为是美丽的。即使在某些文化中，人们是出于宗教原因而剃须或脱毛，但光滑皮肤的审美理想早已在世界各地广泛传播。就连古罗马诗人奥维德也在他的《爱的艺术》中写道，腋下的毛发不能露出来，"不要使腋下有狐臭，不要使腿上起粗毛"。

两千年以后，奥维德的年轻女同胞、罗马人索菲亚·罗兰对此并不在意。1955 年，这位魅力四射的女演员理所当然地将腋毛与她的晚礼服搭配在一起，创造了一个自然之美的偶像形象，至今仍让多毛者欣喜，让脱毛者愤怒。

无论如何，某些地方的几根毛发就能激起人们的情感共鸣，实在令人惊叹。20 世纪 80 年代，流行歌星妮娜·西蒙不刮腋毛让英国小报津津乐道；评论家将女演员朱丽叶特·刘易斯年轻时拒绝刮腋毛描述为"叛逆、特立独行的逆天表现"；《时尚》杂志一直拒绝刊登赫尔穆特·牛顿拍摄的法斯宾德导演御用女演员汉娜·许古拉的照片，因为她总是带着腋毛亮相。

如今，不仅是好莱坞明星通常不留腋毛，就连亚马孙地区的印第安部落（如华欧拉尼人）也会拔掉身上的多余毛发，因为他们认为自己更美，皮肤就像孩子的屁股一样娇嫩。

任何不刮胡子、不剃腋毛或不拔腿毛的人都会被视为不修边幅或不合时宜，如果刮胡子是出于宗教原因，不刮甚至会被视为叛教或异端。但是，不管你是有点邋遢，还是真的很叛逆，你肯定都应该时不时地刮刮胡子。自麦当娜和嘎嘎小姐（Lady Gaga）等名人呼吁自然生长以来，决定体毛去留不再是一个文化规范或质疑文化规范的问题，而完全取决于你自己的心情和愿望，但没有什么比不在乎别人的看法更让人放松了。

MITGLIED BEI EINEM (FUSSBALL-) VEREIN WERDEN

成为（足球）俱乐部成员

我有两个朋友，在过 50 岁生日的前几年，他们似乎突然成了这座城市最不成功的足球俱乐部的忠实球迷。从那时起，他们就经常给自己戴上必备的虔诚装备（围巾、帽子等），即使有重要的家庭庆典或其他社交活动，他们也会坚定不移地前往球场朝圣，喝上几升啤酒，热情地吃着廉价的工业香肠，号啕大哭。顺便说一句，在圣灵降临节期间，他们会和其他 29998 名球迷一起庆祝，因为那是俱乐部邀请其支持者参加的一年一度圣灵降临颂歌演唱会。不管怎么说，球场可能就是今天的教堂，在球场看球就像在教堂里祈祷和歌唱一样动人。

任何去过利物浦球场的人，如果听到所有球迷高唱"你永远不会独行"而没有流泪，那他就没有心。因此，毫无疑问，正是足球所调动的狂野、美好的情感，让我的两位风度翩翩、事业有成、社会地位高的朋友在每场比赛中都能快乐地融入人群，除了这种激情，他们与人群中的每个人都没有共同之处。无论如何，所有人都会因为足球聚在一起，不管是在法兰克福这样的俱乐部里，来自 18 个不同国家的球员一起在绿茵场上施展魔法，尽管他们之间几乎没有语言交流，还是在威尼斯的广场上或大西洋边的露营地上，一群孩子随时随地围着一个球跑。

但是，我的这两位朋友迟来的激情也在创造着某种东西，这种东西随着年龄增长而不可避免地减少，那就是未来。即使不是球迷，也知道"赛后就是赛前"这句话，其中蕴含着类似希望原则引起的共鸣。对于球迷来说，即使迎来最大的失败，也有可能在下一场比赛中发生根本性的改变。除此之外，还有无数人和你一样热衷于同一个话题，这是加入各种俱乐部，一起划船、画水彩画、养狗、钓鱼或美化社区的绝佳理由。不过，加入俱乐部最好的一点是，它都是自愿参加的，与和家人、朋友或同事共处不同，你可以随时离开，不会有任何痛苦。

第 38 件事

DIE WAHRHEIT SAGEN

讲真话

38/50

晚饭时，当我的小女儿特别热情地欢呼"啊，真好吃"时，她盘子里的食物却明显还没有动，因为与她所说的恰好相反，她根本不喜欢吃盘里的食物。在奥地利和英国等讽刺文化氛围浓厚的地区，这种不失文雅的反话被认为是一种有文化修养的沟通技巧。

正如我的一位英国朋友告诉我的那样，尽管出于礼貌的谎言可能会带来严重的后果，但他把英国成为美食荒漠的悲惨状况归咎于这样一个事实：直到最近，诚实地用"不好吃"来回答服务员关于食物是否美味的问题，在他的祖国仍是不可想象的一件事情。

如果没有善意的谎言和出于礼貌的谎言，人类社会大多数时候确实会分崩离析，因为一定程度的友好欺骗实际上起到了社会黏合剂的作用。作为儿童成长的一部分，时不时地向父母、兄弟姐妹和保姆撒几个小谎，以游戏的方式测试虚构和真实的界限，甚至被认为是一个必要和重要的步骤。如果不是长辈们经常以欺骗性的方式鼓励和鞭策你，你可能会直接放弃人生中的很多初衷。你通常想要避免与餐馆老板、生活伴侣或上司因为讲真话而争执，所以你一辈子都在用一些小手段来保护自己，宁愿尴尬地从这些事情里挣脱和逃离。

然而，无论礼貌与否，温柔美好的谎言总有一天要结束。如果与你对桌的同事多年来一直用口臭折磨你，如果昂贵的葡萄酒散发着洗碗布的味道，如果你的旧女友多年来一直达不到做朋友的标准，你应该友好而直截了当地说出来。

你可以放心地把美好的、不可或缺的社交谎言留到更有趣的场合去讲。断绝不愉快的关系、拒绝给不友好的服务员小费、告诉你的伴侣你从未喜欢过他前短后长的发型，这绝不是粗鲁无礼，而是一种致敬，实际上是对真诚艺术致以敬意。

第 39 件事

ETWAS TUN, WAS MAN NICHT KANN

做一些你
做不到的事

绘画、唱歌、打扫卫生或倒立——每个人的内心地图都包含了一些看起来根本无法驾驭的领域。因为我们不愿意与自己的弱点作斗争，也不愿意向别人承认自己做不到，所以我们在生活中总是以欺骗的方式绕过这些空白：在聚会上，我们宁愿一排排地分发花篮，也不去战胜自己的拘谨，去跳那怪诞、僵硬和尴尬的舞；如果你在瑜伽课上练习倒立，奇怪的是你一开始练习就总是要上厕所。你应该早点结束这种懦弱的逃避，在空中摆动自己的双腿，换个角度看世界。因为你越是害怕失去平衡，越是害怕拿起电钻，越是害怕发表演讲，实际上结果会越好。

究其原因，在你最害怕的地方，旅程仍在继续，正如剧作家海纳·米勒所写的那样："希望的最初形式是恐惧，新事物的最初形式是恐惧。"

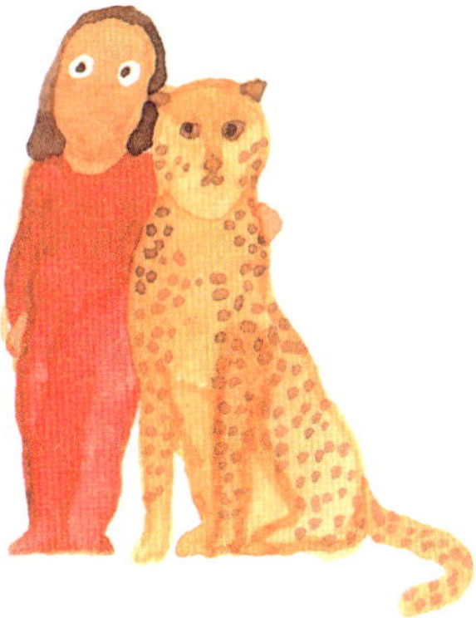

第 40 件事

BEKANNTSCHAFTEN MACHEN UND PFLEGEN

结交新朋友

40/50

英国作家朱利安·巴恩斯在其感人至深的小说《唯一的故事》中讲述了一段发生于19岁男孩保罗和48岁已婚女性苏珊之间的非传统爱情故事,这段故事永久影响了两位主人公的生活。两人相识于一次网球混合双打,而后坠入爱河。保罗把苏珊从糟糕的婚姻中解救出来,却因为苏珊酗酒成性,未能进入更深层次的关系,而只是成为"熟人"。"这是他现在所需要的社会交往关系:愉快的相互支持,而不是任何亲密关系。"巴恩斯这样写道,从而抓住了这种有益的人际交往形式的核心。

事实上,"熟人"一词似乎标志着人际关系的一个特殊区域、一个灰色地带,在那里,人们彼此有一些联结,但并不真正知道那究竟是什么。有一点是肯定的:它与你年轻时寻找的东西恰恰相反。对那时的你而言,只有最要好的女友、最伟大的爱情和最狂野的激情才是最重要的,而且你也有足够的力量和精力来承受持续不断的情感风暴。只有过去很久以后,当你宁愿记住这些溢美之词,也不愿再次去寻找它们时,你才开始体会到良好与平稳情感状态的好处,比如"有拘束的自由"。

"这是你的朋友？""不，只是熟人。"我们这样说是为了拉开一点距离，而当提到迈尔夫人的"熟人"时，这个词就成了淫荡的遮羞布，或是那些对色情和性感到尴尬的人的掩饰。"熟人"还可以指认识很久的人，比如演员罗里奥特小品中的霍普彭施泰特和普罗尔夫妇，他们一起吃一块甜点庆祝相识五周年。

熟人之间之所以略显沉闷，可能是因为这样一个事实：这种关系与狂野的爱情或深厚的友谊有所不同，它需要在一个温度适中的状态下运行，恰到好处地点亮了你的日常生活，而又不至于让你的内心世界翻江倒海。

熟人的相识过程很随意——在度假时、舞蹈课上或咖啡馆里都可以，熟人结交成功需要一种亲近感、距离感，以及正确的语气：开朗、平易近人、不带太多个人色彩，但要有针对性、有趣，这是成功的闲谈的精髓，也是一种被低估的交流形式。

熟人的结识通常就像后来的相处一样轻松：既相互尊重，又保持平衡，能给参与者带来刺激和足够的空间。其实，这并不难，因为一个熟人永远不会与你亲近到让你神经紧绷、想把他送上月球的程度。

结交新朋友是一种几乎没有目的的、令人愉快的、不用考虑后果的行为,让人们相识相知,并互相帮助。

第 41 件事

SICH EINEN SEITENSPRUNG VORSTELLEN

幻想一次艳遇

41/50

罗伯特·穆齐尔在他的小说《没有个性的人》中把想象力称为一种"可能性"，任何具有这种能力的人都会在一生中的大部分时间里感到沮丧，因为他们总是可以想象那么多美好的和令人兴奋的事情，但只有极少数能够成真。

沙坑里的那把黄色铲子，你很想带回家，但还是会在母亲严厉的目光下还给那个红头发的小女孩，就像你会尽职尽责地把好朋友的女朋友送到他家门口，而不是用尽各种花招儿勾引她一样。大部分你想要的东西通常都无法得到，即使你勉强得到了，往往也会惹来麻烦。

幸运的是，对性爱的冲动与渴望最终会在某一时刻自行消退，因为所有那些不知疲倦的风流浪子，甚至以前最活跃的征服者都会发现纯粹幻想的好处。与其让长期稳定的感情生活或单身生活陷入麻烦，因而在精神和道德上感到过度疲惫，不如现在想象一下，如果……会是什么样的。微小的接触，比如对方的衣袖碰巧拂过你，幸运的话就可以激发一场超长的颅内剧场表演，这是非常令人兴奋的。想象一个有魅力的人的气息和欲望，加上一定的经验，就会和实际体验一样令人陶醉，而且十有八九它甚至会更美好。有了这些让你做最奢侈的白日梦的经历,你就会知道,对某件事情的想象往往比实现它要美好得多。

所以,现在是时候坐下来放松一下了,打开你的大脑投影仪,静静地欣赏那些不存在的东西吧。

第 42 件事

ALLES VERSCHENKEN, WAS MAN NICHT BRAUCHT

把不需要的
东西都送人

现在，经常在家大扫除的人都不再被视为爱干净的庸俗之人，而是自信、开明的当代人。极简主义是一种新的生活方式，因为整理和放弃一切也可以让你保持头脑清醒。这是日本成功的整理专家近藤麻理惠所宣扬的理念，数百万人都在热切地观看她整理别人的家。

实际上，人们渴望空间最小化，并保持空间环境的整洁，不再把口香糖包装纸当作圣杯来守护，尤其是随着人们心智的日渐成熟，这也是合乎逻辑的。

然而，在如今这个物质丰富的社会中，我们不仅财产比以往任何时候都更加丰富，思想也从未像今天这样饱受摧残。社会学家哈特穆特·罗萨提出，1900年左右，一个普通家庭拥有大约400件物品，而今天，我们的家里有上万件物品，让我们忙得不可开交。同样，我们接收到的信息也是如此，因为大多数新闻在网站上停留的时间越来越短，这意味着出现的新闻、标签、图片和视频越来越多，同时留给我们处理的时间也越来越短。

由于所有这些东西都在争夺我们的注意力，我们做事情总是分心走神，越来越不知所措，每天都有新的畅销书出现，将前一天的取代——看似独一无二的东西却变得十分常见。因此，收纳整理风潮其实是一种流离失所式的自卫，以抵御我们经常不得不面对的混乱与困惑——它们让我们感到自己永远都无法获得足够的知识，永远也不可能真正完成任何事情。

日本著名的极简主义者佐佐木文雄的《我决定简单地生活》便以"是时候抛弃一切多余的东西了"这句话开篇。他在这本书中向那些大胆告别"幸福在于物质"这一过时观念的读者承诺了幸福。

因此，给你的家减负，解放你的大脑，送走所有你不需要的东西，而不是为了几十块钱小气地讨价还价，反正你还会把钱花在下一个无用的东西上。《圣经》中的使徒保罗早就知道，施比受更有福，甚至有关幸福感的研究也证实了这一观点是正确的，研究结果显示，不仅更聪明的人会慷慨解囊，更幸福的人也会。

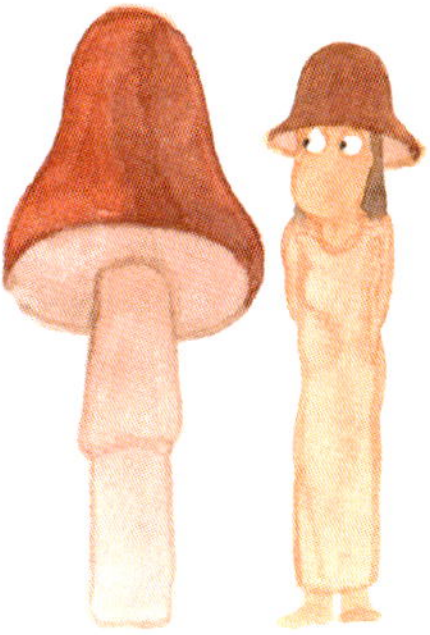

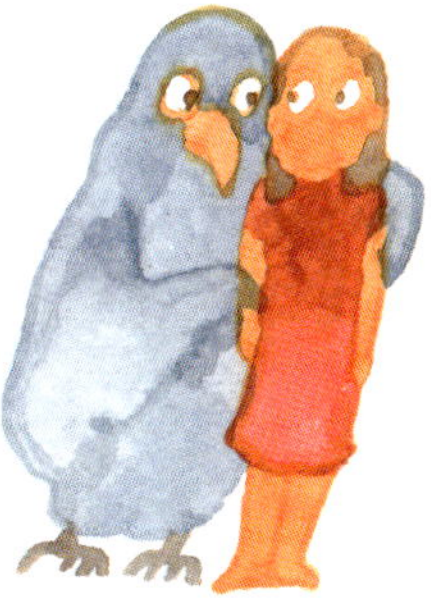

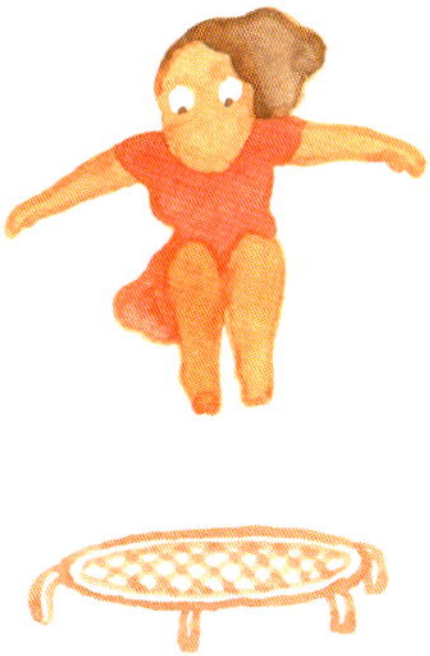

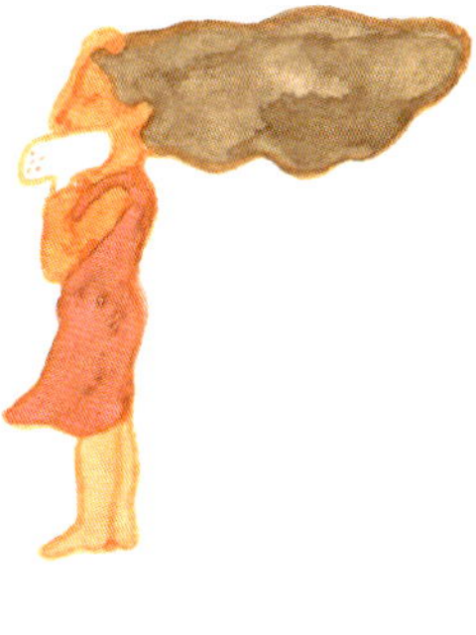

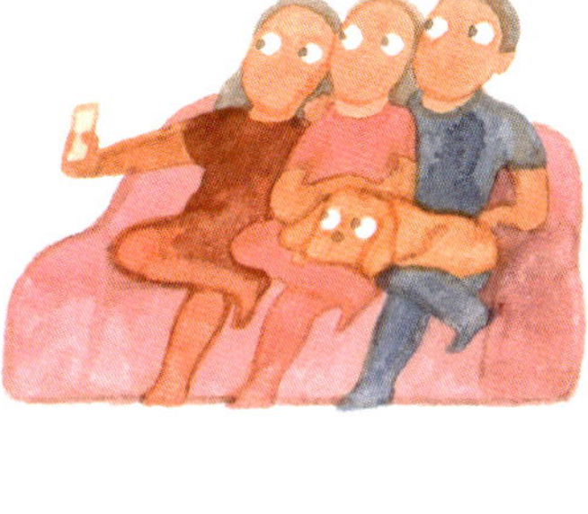

REZEPTE KOCHEN, DIE ABSURD AUFWENDIG SIND

做一道复杂的菜

速溶汤、德式三明治或意大利面——在每个厨师职业生涯的起步阶段，一切都应该是快速而简单的。读书的时候，你很少有钱去研究复杂的烹饪方法，而且显然有比在灶台前花上几个小时更令人兴奋的事情要做。即使是在工作和家庭生活繁忙的阶段，在经历了漫长的工作日之后，你也会因为要兼顾孩子而更多地采取务实的方法来准备食物。

但是，也许有一天，当不用再为钱奔波，下一代也长大了，你不仅会唤醒不同于以往的欲望，而且会意识到什么时候该再次做一些荒唐却精心策划的事情，就像法国女作家西多妮-加布里埃尔·科莱特所说的那样："你总是会做一些愚蠢的事情，但是要全心全意地去做！"

对于那些不一定想在人际关系或职业层面上实现自己的实验性奇思妙想的人来说，厨房被证明是一个进行未知探险的完美场所。食谱越复杂，出错的可能性越大，也就越有乐趣。毕竟，皇帝煎饼和苹果挞等名菜的出现，就是厨师的失误造成的意外惊喜。那些需要我们花费数天时间精心烹制的菜肴，不仅散发出浓郁的香味，还能让人感受到时间的变化，以及一种享受和丰盛的感觉。

以黑松露炖火鸡为例，根据法国烹饪大师保罗·博古斯的食谱，黑松露和火鸡要用粗麻布袋子包好，在花园里埋上两天，这样黑松露就能"在寒冷潮湿的泥土中充分发酵，并被火鸡肉吸收"。

美国《时尚》杂志著名美食评论家杰弗里·斯坦加滕在报道中指出，制作"特大啃"[1]需要投入大量的时间、金钱和精力。这种卡津菜的烹饪方法来自美国路易斯安那州南部，将一只鸡、一只鸭和一只火鸡整齐地去骨，然后将这些动物依次塞入对方的肚子里，再将美味的馅料填入其中。

斯坦加滕带着他的"特大啃"一路来到了卡津菜地区，并在那里找到了这一正宗食谱的发明者。回到纽约以后，他花了数天时间采购了大约 100 种配料，然后完

---

[1] "特大啃"（Turducken），一译"火鸭鸡"，是由"Turkey""Duck"与"Chicken"三个单词缩写、拼接成的复合词。在美国和加拿大以外的地区，此菜被称作"三鸟烤"。

美地给鸡鸭去骨，这甚至对外科医生来说也是一个棘手的挑战，又经过了13个小时的烹饪，这只重达40磅的"特大啃"三重奏终于在他面前绽放出了"金色的光彩"。

在耶拿哲学家兰贝特·维兴看来，如此挥霍自己的时间是一种奇妙的奢侈：一个人要达到强烈的自我意识状态，不仅可以通过拥有珍贵的、奢侈的物品这一方式，而且可以通过体验自己的方式，因为他身心合一，从目的的理性中解放了。

第 44 件事

ALTE LIEBESBRIEFE LESEN

读一读旧情书

44/50

对于旧情书，有些人用精致的丝带把它们包裹起来，捆在一起保存；有些人则把它们放在地窖中被遗忘的盒子里；或者它们只是意外从旧书中翻出的一张纸片或明信片。旧情书可能落满灰尘，也可能泛黄，但很少有东西能像这些来自另一个时代的信息一样，让我们的过去变得鲜活起来。

毫无疑问，这是因为旧情书通常表达的是躁动、狂野的情感——渴望、占有欲、幸福、失望，甚至痛苦。在肖德洛·德·拉克洛的奇幻书信体小说《危险的关系》中，这种充满爱意的通信甚至被比作一场战术上有组织的征服运动。然而，这只有在军队指挥官——这里指的是主人公梅特伊侯爵夫人——没有认真恋爱的情况下才会奏效。

罗兰·巴特在其经典著作《恋人絮语》中指出，真正的情书是富有表现力的、热情的、谄媚的，无论如何，它们都是写信人与收信人之间关系的表达，换句话说，与书信恰恰相反。严格说来，这是一种对不在身边的人的幻想，是一种通灵术，在这种幻想中，人可能会慢慢失去耐心，就像英国作家凯瑟琳·曼斯菲尔德一样，她曾经对着信纸叹息道:"鬼才写信!要是我们在一起就好了!"

任何深入研究旧情书的人都还会感受到当时字里行间燃烧的回声,这要归功于我们的镜像神经元,它使我们在阅读书籍或观看电影时,看到悲伤的片段不禁落泪,遇到有趣的段落忍不住笑。

尽管这些旧情书年代久远,但回忆起令人尴尬的亲昵称呼、不可告人的失误或冷酷的告别,还是会让人感到温暖抑或心碎。翻阅这些旧情书,还可能激发你再次写情书的灵感。这种灵感不仅可以在你的爱情生活档案中找到,也可以来源于世界文学中著名的书信体小说,比如从德国大文豪歌德的《少年维特之烦恼》到奥地利作家丹尼尔·格拉陶尔的《失眠的北风吹来爱情》。

在出版商西格弗里德·温塞德与任性的作家托马斯·伯恩哈德多年来的特别通信中,你也能找到这种灵感,这些书信往往包含着更多的痴迷、执着、奉献与爱意。

第 45 件事

DEN PFLANZEN BEIM WACHSEN ZUSEHEN

观
察
植
物
生
长

45/50

文化历史学家安德烈娅·伍尔夫曾经写过许多关于花园、园丁及其故事的书,她说她从未见过比园丁更幸福的人。在她的书中,你可以读到美国第三任总统托马斯·杰斐逊在结束自己的总统任期时宽慰的话语:"虽然我现在已经老了,但我仍然只是一个年轻的园丁。"

在花园里,你永远不会停止学习,因为无论是在你的房子四周、阳台上、窗台上,还是在城市园艺[1]中,你都要反复研究大自然的循环。自从弗拉基米尔·卡米纳这样的知识分子和艺术家开始种自己的地后,即使是史莱伯花园[2]也不再被视为小资产阶级"地精"[3]文化的庇护所。

园艺是思想火花的碰撞,这体现在许多雄心勃勃的园艺家的写作冲动上:从园艺哲学家卡尔·弗尔斯特和他的多年生植物入门丛书,到雷金纳德·阿克尔的小说《平尼加的花园》(*Pinnegars Garten*);从照看英国庄

---

[1] 城市园艺(urban gardening),也被称为城市农业,是在城市环境中培育绿色空间的过程。城市园艺是一个宽泛的术语,可适用于建立在城市地区的药草园、菜园、养蜂场和养鸡场等。
[2] 史莱伯花园(Schrebergart),也被称为"小花园",是由篱笆围成的小型耕地,大多位于城市郊区,兼具耕地和休闲功能。
[3] 地精(Gartenzwerg),即放置在花园中的赤土小偶像。Garten 是"花园"的意思,zwerg 是"小矮人"的意思。"地精"是德国乃至欧洲重要的文化符号之一。

园的最古怪的首席园丁，到柏林插画家卡特·曼施克的获奖作品《黄金犁》（*Der goldene Grubber*）引发的狂野而诙谐的图像狂潮。

用双手在土地中挖来挖去，能让我们过度紧张的大脑放松下来。虽然我们需要更快捷、更高效地掌控自己的日常生活，但大自然不仅需要我们勇敢勤劳的双手，更需要耐心等待，强行干预或急于求成并不会加快进程。因为正如那句非洲谚语所说，小草不会因为你拉它而长得更快。

如果你因为害怕弄脏指甲或引起腰背疼痛而无法亲自拿起锄头和铲子，那么你还可以欣赏其他人的园艺雄心：无论是在康斯坦茨湖上繁花似锦的美瑙岛，还是在凡尔赛宫的宫廷花园，或是在英国女作家薇塔·萨克维尔-韦斯特的世外桃源西辛赫斯特城堡花园——这里是"园艺之国"英国游客最多的花园之一。

在上述这些花园里，或者在你自己家中的那片绿地上，你可以一边阅读园艺书籍，旁边放上一碗新鲜采摘的草莓，读累了在躺椅上小憩片刻，一边享受来自心灵的满足。

第 46 件事

ALLE SPIEGEL ABSCHAFFEN

移走所有镜子

46/50

美丽的纳西索斯疯狂地爱上了自己在水中的倒影，千百年以来，这个神话告诉我们，如果把自己的外表看得太重，你就会走向悲剧。安德烈亚斯·格吕菲乌斯在他著名的巴洛克式十四行诗《一切都是徒劳的》(*Alles ist eitel*) 中写道："幸福现在向我们微笑，很快抱怨就会震耳欲聋。"毫无疑问，他这里指的更多的是三十年战争中存在的苦难，而不是老年斑、皱纹和脱发等短暂的老化迹象。

但是，在我们所处的这个和平时代，我们既没有瘟疫，也没有战争，有足够的闲暇去捕捉时代的痕迹。正如诺拉·艾芙隆在她的书《我的脖子让我很不爽》中风趣地描述的那样，尤其是女性会在镜子前进行近乎受虐的自我分析："我小心翼翼地把脖子上皱巴巴的皮肤拉平，俏皮地看着年轻时的自己。"不过，就连我最喜欢的 84 岁的叔叔也常常说，他每天照镜子的时候都会对着镜中的自己发问，这个镜子里的老头儿到底是谁。在某些时候，一个人的真实形象和镜像的吻合度会越来越低，而即使二者吻合，也会让人非常恼火。

镜子总是被我们赋予神奇的力量，它被视为通往另一个世界的大门。有人去世时,家人们会在镜子上铺一层布,因为有人相信死者(就像纳西索斯一样)会留在屋子里,被自己的镜像驱逐;有人则担心下一次死亡可能很快会发生;还有人希望将虚荣心从死亡之屋驱逐出去。

在日常生活中,照镜子并不一定是自恋的表现,也可以是一种体贴的行为。一方面,照镜子可以让我们在出门之前意识到大胆构思的衣物搭配看起来很糟糕,或者检查一下脸上还有没有果酱残留。另一方面,在某些时候,你应该承认自己的皱纹和赘肉,用萨拉·库特纳的话说就是"对旧尺码的衣服说再见,迎接新的尺码"。

移走所有镜子会从根本上改变你的生活,许多日常技巧必须完全重新练习,比如化妆、刮胡子或拔鼻毛等。这样一来,你就不得不问问你的室友,你的脖子是不是看起来老得像大象的躯干,或者你可以直接忽略自己的脖子。如果你就是放不下自己的脖子,那么你可以养一只长满褶皱的宠物,然后再仔细地观察你的乌龟、无毛猫或斗牛犬身上无法改变的东西。

第 47 件事

HANDARBEITEN

做手工

47/50

针织、锯木或劈柴——无论什么年龄或性别，用自己的双手制作一些东西都会让人产生一种深深的满足感。更重要的是，现在你甚至不必像 20 世纪 60—80 年代那样，把自己手工制作的服装穿在身上，而是可以为社会做点有益的事情，比如选择把它们挂在路灯上或者树上，除非你还想让朋友、子女或孙辈享受这些服装的美好。

2005 年，休斯敦有两个失意的编织爱好者偷偷地把他们织得不成功的围巾和毛衣袖子缠在路标和交通信号灯上，自那时起，"编织游击队"就开始为世界各地的公共场所提供手工编织品，用彩虹般的颜色点亮沉闷的桥栏杆、电线杆、混凝土护柱和纪念碑等。

不仅仅是街头编织艺术家们将自己的手工艺品视为一种政治立场，这种行为甚至早在"暴女"运动[1]之前就已经开始了。"暴女"是一场由年轻女性引领的女权主义运动，她们用针织、印花等手工制作的物品反

---

[1] "暴女"（Riot Grrrl）运动是 20 世纪 90 年代初期起源于美国的女性朋克摇滚运动。这个运动强调女性的权利和自主性，通过音乐、艺术和政治行动来表达反对性别歧视和社会不公的观点。

第 47 件事　做手工

对消费主义的冲动，并在自己的乐队和杂志中为阿姨式的手工艺品形象注入了叛逆的朋克气息。

从那以后，男人也开始追随他们祖先的脚步，在针织聚会上，以及在针织俱乐部里摆弄起针线，因为女性只是到了 19 世纪才学会了这种技巧，这种技巧大概可以追溯到结网捕鱼的渔猎时期。在 19 世纪之前，编织被认为是一门真正的手艺，这就是为什么只有男性才可以接受为期六年的培训课程。这种有性别区分的手工技艺在德国几乎不存在，也许除了劈柴——顺便提一下，当德国前总理安格拉·默克尔在被问及她羡慕男人什么时，这是她唯一能想到的事情。威廉二世、马丁·海德格尔和阿尔伯特·爱因斯坦都在砍柴中找到了极大的乐趣，而当时还没有建材家居市场，他们可以以此为借口离开办公桌，打发时间。

挪威作家拉尔斯·米廷在 2004 年出版的《男人与木头》（*Der Mann und das Holz*）一书显然引起了男性读者的共鸣。在书中，他不仅讲述了一种木材文化史，还广泛采访了他的同胞们，记录他们的砍柴技术，并间接了解了他们的情感生活。

无论是钻孔、缝合还是绘画，也许做手工最美丽的一面是，用自己的双手工作可以唤醒我们的情感，而在日常的喧嚣中往往没有多少空间来让我们表达自己的情感。无论是在服装店还是在五金架前，人们可以相互交谈，畅聊无阻。

第 48 件事

MIT DEM BULLI VERREISEN

坐『Bulli』车旅行

48/50

自从嬉皮士把大众"Bulli"车开到伍德斯托克音乐节以来,它就成了自由和冒险的象征,直到今天还是如此。"Bulli"车从前面看起来就像长着一张好看的圆脸,它不仅仅是一辆可以把人和物从一个地方运到另一个地方的实用交通工具,还被它自豪的主人们视作一位亲密的朋友。

虽然"Bulli"车这种于 1950 年与"T1 Samba"巴士一起投入批量生产的小型客车已不再像"权力归花儿"[1]时代那样便宜,但它在世界各地都拥有大批拥趸。因此,当你把自行车、冲浪板或孩子们放上"Bulli"车,去勃兰登堡的大草原或陶努斯山的荒野度过一个冒险的周末时,你应该不会感到孤独。有了它,你就无须提前计划或预订住处,只需看看窗外的天气是否合适,带上车载冰箱和睡袋就可以出发露营了。

傍晚时分,把折叠椅往车前一摆,烤肉架上的香肠烤到几分熟,完全取决于你的心情,以及当地居民、林业人员和执法人员的容忍度。如果他们因为森林里有禁停区

---

[1] "权力归花儿"(Flower Power),又译"花的力量",是 20 世纪 60 年代美国嬉皮士运动的口号,标志着消极抵抗和非暴力思想。

域而在晚上来敲你的窗户，你就会有新的体验：一次小小的探险，让你的肾上腺素飙升，让你精神抖擞。几乎没有什么比这样的经历更能让家人和朋友聚在一起了。

每一次开"Bulli"车露营旅行，都会让你产生一点与电影《荒野生存》的共鸣，即使它与克里斯托弗·麦坎德利斯这样的辍学者的激进主义无关——他对冒险的渴望最终以阿拉斯加一辆生锈的巴士告终。直到今天，阿拉斯加仍然是一些人心中的圣地，是他们梦想的远离物质消费的地方。

你可以像多年前第一次野营度假时那样，开着"Bulli"车漫无目的地穿行兜风，而不是待在一个提供全食宿的舒适酒店里，吃饱喝足，在睡觉前再精心计划第二天的行程。你没有必要花六个月的时间去高加索地区旅行，即使就在你自己的家门外，你也不知道接下来会发生什么，这是多么令人振奋的事情，享受夜晚星星在你头顶闪烁的时刻，并相信一切会继续。

无论如何，不需要害怕有什么坏事会发生在你身上，因为从统计学的角度上来说，大多数事故发生在家里或路上,而不会发生在开"Bulli"车出行的冒险假期。

第 49 件事

DEN HIMMEL BETRACHTEN

仰
望
天
空

49/50

仰望天空是一种随时随地都能享受到的乐趣，不需要你付出任何努力，也不需要花费任何代价。然而，你却很少抬头仰望天空。在完美的光线之下，天空的形状和色彩会发生最奇妙的变化，而这一切都发生在天空的"宽银幕电影"之中：有时，一切都闪耀着欢快的蓝白色调，有时是雷鸣般的灰色调，有时又在黑夜中闪烁着神秘的光芒。

最美好的事情莫过于躺在海边沙滩或山间草地上，从不断变化的云层中读取图像、文字和数字。一只超大的海马尾巴脱落了，变成一朵奇异的花朵，接着，一个小精灵的脸神奇地变成了一个正在跳舞的德尔维什，片刻之后，所有这些场景突然都消失得干干净净，直到又一朵云出现，下一座云山浮起，就这样神奇地消磨掉了很多时间。

几乎没有什么事情能像欣赏无边无际的苍穹那样令人平静和感到鼓舞，它总会让你重新思考尘世间真正重要的东西是什么。哲学家康德在《实践理性批判》中写道："有两样东西，我们愈经常愈持久地加以思索，它们就愈使心灵充满日新又新、有加无已的景仰和敬畏：

在我之上的星空和居我心中的道德法则。我无需寻求它们或仅仅推测它们，仿佛它们隐藏在黑暗之中或在视野之外逾界的领域；我看见它们在我面前，把它们直接与我实存的意识连接起来。"[1]

在这块世界最大的画布上，自然与艺术以一种独特的方式交织在一起，每个人都可以随心所欲地观赏和诠释它，因为它在任何地方、任何时间都不尽相同。

---

[1] 康德. 实践理性批判 [M]. 韩水法, 译. 北京：商务印书馆，2015.

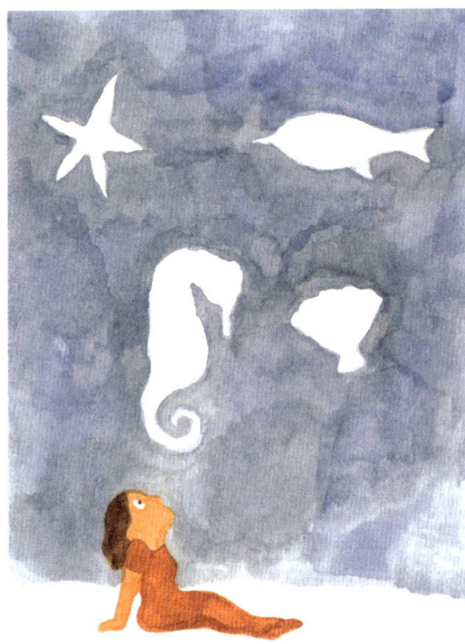

第 50 件事

SICH EINEN PREIS FÜRS EIGENE LEBENSWERK VERLEIHEN

为自己的毕生事业颁个奖

50/50

我父亲快 80 岁的时候，由于健康原因，他几乎不再出门。于是，他打电话给城里最好的珠宝商，从那里订购了一块昂贵得令人咋舌的男士腕表。

几周以后，这块腕表装在一个看起来很值钱的非常精致的盒子里，通过快递送到了他的手上。从此，他那纤细的手腕上开始散发不同寻常的光彩。

遗憾的是，他已经没有太多时间来欣赏这块手表了。

我们一直没有谈起过，他当初是怎么想到要送自己这样一份珍贵的礼物。我父亲一直是一个非常积极乐观的人，他总是不断地提出新奇的想法，总是向前看。在我看来，他之所以这么做，是因为他在感谢战后自己白手起家得到的一切，感谢自己能够实现的所有冒险，同时也感谢自己战胜的失败、失望和伤痛——他为构成自己生命的一切颁发了一份奖品。

我的父亲用如此不合理的奢侈举动为自己的人生加冕，堪称楷模。像他那样在到达人生的最后一站之前，想要为自己的人生锦上添花，也未尝不可。

为什么要等到别人有了想法才向自己表示感谢与欣赏，或者等到为时已晚？现在你知道自己想要什么了，如果运气好的话，你还能买得起。无论是期待已久的老爷车（你可以驾驶它在乡间驰骋），是在地下沉睡了数百万年以后佩戴在你的手指或脖子上的闪闪发光的漂亮宝石，是自己设计的一座奖杯，还是儿时想与之在森林中嬉戏的小狗，抑或是一束亲手采摘的鲜花——在这份荣誉面前，你应该拥有无限的想象力。因为最迟在第一个 50 年之后，就该为自己现在的每一天和未来的每一天颁奖了——为自己毕生的事业颁个奖吧！

DINGE, DIE AUCH NOCH GROSSEN SPASS MACHEN WÜRDEN ...

还有一些非常有趣的事情……

无缘无故心情不好

在排队等候时与销售人员畅谈

独处

去墓地散步

恶作剧

养一只小狗

参加一次徒步采草药活动

设定一个聚餐日

去参加集会

接受奇装异服派对的邀请

担任一个名誉职务

在动物园认养一只动物

买些合适的餐具

计划一次休假

走进一座寺院

组织一次街头派对

再买一台唱机

参加一次读书会

进行一次断食疗法

与不酷的人做朋友

与其做爱,不如把惊悚片看完

还有一些非常有趣的事情……

写一封情书

认养一棵树

不再开车

加入某个团体

去听一场讲座

搬进合租房

穿得像自己的孩子一样